云南省传承发展中华优秀传统文化丛书

雲南文庫

大家文丛

云南文库

大家文丛

中共云南省委宣传部　编

西行记

李广田◎著

云南人民出版社

图书在版编目（CIP）数据

西行记 / 李广田著. -- 昆明 : 云南人民出版社，2023.12
（云南文库. 大家文丛）
ISBN 978-7-222-22380-6

Ⅰ. ①西… Ⅱ. ①李… Ⅲ. ①散文集－中国－现代
Ⅳ. ① I266

中国国家版本馆 CIP 数据核字（2024）第 006456 号

项目指导：殷筱钊　尚　语
统筹编辑：马维聪
责任编辑：梁　爽
责任校对：董　毅　欧　燕
责任印制：代隆参
装帧设计：陶汝昌　刘　雨

大家文丛

西行记

XIXINGJI

李广田　著

出　版　云南人民出版社
发　行　云南人民出版社
社　址　昆明市环城西路 609 号
邮　编　650034
网　址　www.ynpph.com.cn
E-mail　ynrms@sina.com
开　本　720mm×1010mm　1/16
印　张　13
字　数　180 千
版　次　2023 年 12 月第 1 版
印　次　2023 年 12 月第 1 次印刷
印　刷　云南出版印刷集团有限责任公司华印分公司
书　号　ISBN 978-7-222-22380-6
定　价　55.00 元

如需购买图书、反馈意见，请与我社联系
总编室：0871-64109126　发行部：0871-64108507
审校部：0871-64164626　印制部：0871-64191534

云南人民出版社微信公众号

前　言

习近平总书记指出："文化是一个国家、一个民族的灵魂。""只有全面深入了解中华文明的历史，才能更有效地推动中华优秀传统文化创造性转化、创新性发展，更有力地推进中国特色社会主义文化建设，建设中华民族现代文明。"习近平文化思想，明体达用，体用贯通，博大精深，为我们在新的起点上继续推进文化繁荣、建设文化强国、建设中华民族现代文明指明了前进方向。

中华文明延续着我们国家和民族的精神血脉。在中华文化版图上，地方文化各具特色，丰富多彩。云南是人类最早的发祥地之一，历史悠久，文化富集。千百年来，云南人民用自己的辛劳和智慧，守护祖国边疆，建设美丽家园，创造了丰富多样的地方文化。历经社会变迁、民族融合、文化认同，云岭大地钟灵毓秀，星光灿烂，诞生了无数杰出人物，涌现了诸多名家大师，产出了大批传世经典，为云南文化发展做出了卓越贡献。

云南有优良的学术文化传统。中原文化很早就在这里传播，大量的汉文典籍源源不断传入并积淀，成为云南文化的根基与传统。而地方、民族与边疆文化的诸多特色亦在云南文献中得以彰显。就地方特色而言，编史修志从来都是文化盛业，成绩斐然。文献、专著、文集不断被创制和保存，民国时期辑刻的《云南丛书》，“初编”“二编”即达205种1631卷及不分卷的50册。其后更有数以万计的图书文献问世。从民族特色来说，云南民族众多，“三交”历史悠久，民族文化丰富多彩，傣族的贝叶文献、彝族的毕摩文献、纳西族的东巴文献、藏族文献、白族文献等，早已产生了广泛影响，是中华民族共同的文化财富。就边疆特色来看，记载或论述边地、边境、边界、边民、边防及边贸等内容丰富的边疆文献，种类多、价值高，历来都受到重视。

文化关乎国本、国运。盛世兴文，赓续文脉。习近平总书记两次考察云南，都对文化建设作出重要指示。云南省组织编辑出版一套具有文化保存与传承价值的大型学术文献丛书——《云南文库》，旨在传承中华典籍，弘扬滇云文化，砥砺三迤后人，昌明云岭学术。《云南文库》分为三个系列：一是《当代云南社会科学百人百部优秀学术著作丛书》，收录中华人民共和国成立后出生的年轻一代云南学者的优秀作品。二是《学术名家文丛》，收录辛亥革命至中华人民共和国成立前出生的云南学术名家的代表之作。三是《大家文丛》，收录辛亥革命以前出生的云南学术大家的传世著作。前面两个系列业已出版发行。

当前，在新的历史起点上，以习近平文化思想和习近平总书记关于铸牢中华民族共同体意识等重要论述为根本遵循，组织实施《传承发展中华优秀传统文化　云南文库·大家文丛》编纂出版，是站位中华现代文明、践行新时代文化使命、推进文化强省建设、深入实施“文化兴滇”行动的积极探索，对于坚定文化自信、建设中华民族现代文明，具有重大现实意义。

编纂《传承发展中华优秀传统文化　云南文库·大家文

丛》，是承传云南学术文化，保存云南记忆的基础性文化工程。从古至今，云岭大地孕育了诸多硕学鸿儒、名家大师、文化先贤，可谓星光灿烂。长久以来，红土高原产生了大批思想深邃、智慧非凡的传世经典，蔚为大观，逐渐形成了具有云南自身特点的学术特色与知识谱系。今天，我们拾起历史长河中的明珠，拂去历史典籍的蒙尘，重新整理和展示云南学术史上的高峰之作，就是为了重构云南地方知识与文化，增强传统文化区域性叙事中存在的精神感召力，传承和弘扬地方优秀民族文化，以滇云文化和云南记忆，填充中华民族共同体的文化版图。

编纂《传承发展中华优秀传统文化　云南文库·大家文丛》，是打造云南文化品牌、增强文化自信的重要举措。云南悠久的历史文化、光荣的红色文化、多彩的民族文化、独特的生态文化，是中华文化百花园的重要组成部分。以云南学术大家及其皇皇巨著为承载的云南文化，是云南社会发展的文化源泉，是云南人民的智慧结晶。编纂本丛书，是为了回归滇云文化的本源，筑牢文化自信的根基，为更多的人了解云南搭建平台，为研究云南构筑载体，为发展云南提供借鉴，在更高层次和更宽领域传扬云南文化精神，打造云南文化品牌。

编纂《传承发展中华优秀传统文化　云南文库·大家文丛》，是弘扬优秀传统文化，促进文化繁荣兴盛的根本保证。2023年6月，习近平总书记在中国国家版本馆考察调研时叮嘱大家："我最关心的就是中华民族历尽沧桑留下的最宝贵的东西。中华民族的一些典籍在岁月侵蚀中已经失去了不少，留下来的这些瑰宝一定要千方百计呵护好、珍惜好，把我们这个世界上唯一没有中断的文明继续传承下去。"这是全体中华儿女光荣而神圣的责任。我们将努力以编纂《传承发展中华优秀传统文化　云南文库·大家文丛》等文化精品为契机，继承中华优秀文化传统，发挥地域优势，突出地方特色，提高格局站位，积极推动学术创新，努力创造更多优秀学术成果和文化精品，整理出版经典文献，让典籍里的文字活起来，用优秀传统文化及滇云文化涵养各族人民，助力云南跨越式发展。

《传承发展中华优秀传统文化　云南文库·大家文丛》的编纂出版，凝聚着先哲大家的心血和智慧，离不开今贤同仁的奉献与付出。省委宣传部精心组织，省社科联、省文史馆、云南大学、省图书馆、云南人民出版社等相关单位和参与整理编校的专家学者不辞辛劳，通力协作，玉成丛书。翰墨流芳，文化永续。在此，向所有的参与者表示崇高的敬意和衷心的感谢。《传承发展中华优秀传统文化　云南文库·大家文丛》是《云南文库》的压轴之作，从构思到付梓，离不开广大读者和社会各界人士的支持，在此谨致谢忱。

文化建设没有终点。希望社会各界继续支持《传承发展中华优秀传统文化　云南文库·大家文丛》的编纂出版工作，欢迎各方有识之士积极参与到云南文化建设的伟业中来。

《传承发展中华优秀传统文化
云南文库·大家文丛》编委会
2023年12月

目　录

初版自序

这里所收辑的大都是纪行的文字。

抗战开始的时候我在济南，济南危急的时候我随学校迁到泰山下边。十二月二十四日，正是冰天雪地的时候，我们在敌机狂炸中又离开了泰安。以后辗转南下，由河南而入湖北。我们在汉水左岸的郧阳城住过半年，又徒步两月而入川。离郧阳时是十二月一日，又正值严寒的日子，到达目的地后，却正是遍地菜花。

在这小集子里所写的，就是由郧阳到四川的沿途情形。

这是一段极其难行的道路。

古人有“蜀道难”之叹，但我这里所说的却非指“蜀道”而言。

民国二十七年（1938）三月三十日《大公报》载：“中央社成都二十八日电，中央社记者二十八日由宝鸡经川陕公路，抵达成都，历时凡五日，沿途作一简略之视察，深觉该路之建设，已突飞猛进，虽有秦岭、凤岭、酒奠、梁紫关岭、七盘山与巴山诸海拔二千公尺之崇岭，但路面平阔，畅行愉快，汽车每小时行驶三十公里，全路任何小桥，亦均可驶过七吨以上之车辆，此为贯接西北与西南之惟一陆地交通线。沿途商旅运输工具，计有汽车、骡车及人力车三种，交接往还，络绎不绝，几有车水马龙之盛。该路系衔接古秦连云栈与剑阁栈所筑成，栈道遗迹，今已无复存在，昔人所记天梯鸟道之险，蚕丛蜀道之难，亦当随而消失矣。由宝鸡至成都，计七百公里，二十六年始改筑石基路面，今迢遥长途之中，随时均可睹及民众凿山修桥，继续努力于新建设。时仅两载，而交通已有隔世之感，此实为我抗战建国之一显著成绩。沿途驿站均有新设之旅社……旅行便利……”

汉中宝鸡之间，我们不曾走过；汉中至成都段，是我们一步一步踏过来的，正如上文所引，确已并不难行。我所认为难行的，是从湖北郧阳沿汉水而至汉中一段。这一段完全是走在穷山荒水之中，贫穷，贫穷，也许贫穷二字可以代表一切；而毒害、匪患，以及政治、教育、一般文化之不合理现象，每走一步，都有令人踏入“圈外”之感。也正因为这种情形，我这里所记的，汉中以上，或者可以更缩短些说，安康以上者较多，以下所谓“蜀道”一段则极少；因为一进入交通比较便利的地方，也就算回到“圈内”来了。但假如我们由此推开一点想，想想中国有多少农村，有多少边远地方，是不是也正在所谓的“圈外”呢？何况圈子里边也并非决然和圈子外边没有相同的情形，结果，曰内，曰外，实在也有些不大容易分辨了。但这话也已超出“圈外”，此处自不必深论。

在一个学生的手册里，我曾读到下列一段对话：

“‘你们是当兵的吗？’一个中年男子问。

‘我们是学生。’

‘洋学生呀！’一个中年妇人惊诧地说。

‘你们是啥子地方人？’

‘我们是山东人。’

‘是中国人吗？’是另一个男子的问题。

‘是中国人，咱们都是中国人啊，哈哈……’我们都笑了，他们也都莫名其妙地笑了。”

这就是我们所谓“圈外”人民的表现之一。他们这样的可悯，但我们切不可忘记，他们的物质生活之可悯比较其精神生活之可悯为尤甚；然而他们又是这样的可爱，他们的糊涂也是可爱的，一点也不错。他们不知道国家，然而他们也许并未做过对不起国家的事。但是，我们的国家却不应当让大多数人民永远如此，尤其在抗战建国的今日。

我在痛苦的情绪中走过了这一段路，结果所得就只是这几篇苦涩的记载。当然，假设有人读到这书本，恐怕也难免掩卷而叹曰："此诚一令人不快之书也！"这倒是无可如何的事。现在，正是我们的光明时代，而且最灿烂的明日即将到来，但我这里却只记下了这么一个并不完全光明的侧面，或者说只是描下了那美丽面孔上的一个斑疤，这也是无可如何的事；因为我所见如是，所写也只能如是，何况所见闻者犹未能一一道出。果戈理曾经引用过一句斯拉夫古谚说："请不必责备那镜子吧，假如你的面孔本来是丑的！"我自然不敢说这些文字还多少有一点镜子的作用，但我确未立志专写黑暗；相反，我却在努力从黑暗中寻取那一线光明，并时常想怎样才可以把光明来代替黑暗。我只恨我所见者不广，所发掘者更不深，而且我又缺乏一个可以画得更宽、刺得更深的笔尖，我只是在匆匆地行过后又匆匆地写了这么一点点，而这一点点实在又未能记好。如此而已，是为序。

一九四一年十一月二十一日，四川叙永

从黑暗中走开

晚上十点钟左右，在暗淡的灯光中，屋子里显得紧张而又零乱，黑暗的影子在各处摇晃着。大家在一种慌惑而又痛快的感情中，仓忙地整理着自己的行李。半夜之后，孙先生走来了，他把他的灰毡帽紧紧压着眉毛，用低沉的声音，简单地向大家说道：

"走！天明以前要渡过江去！"

说过之后，便匆匆地去了。

没有搬运夫，没有搬运的工具，行李是必须自己扛的。但又听说到沙洲之后可以停一夜，如果可能，还可回来搬运一次，于是又将行李留下一部分，甚至连棉被也不带，只带了毯子，手提匣，此外则是便于行路的一套短衣而已。每人都负了行囊，排成行列，在沉默中前进。这时的心情是颇复杂的，一方面觉得是冲出封锁线似的突围的心情，一方面又觉得是勇敢地走上另一条光明的道路，而明明又知道：困苦艰难是摆在眼前的。"到什么地方去呢？""四川。""四川的哪一部？""不知道！""大约有多少路呢？""不一定，二千,三千，也许五千！""道路好走吗？""高山，深水，饥饿，寒冷，盗匪，疾病……这是我们的路程标！"这样的问答早在人们口中反复着。我们时常把食指放在地图上，按住郧阳城，沿着一条细线——那"面善心恶"而不能通航的汉江——向前试探，那条细线在许多小毛虫似的山脉中穿来穿去。地图不能告诉我们什么，我们所打听的也只知道这是一条险路罢了。一切都得等待我们去一步一步踏过，多少困苦都必须等我们去尝试。当时并不是不曾踌躇过，想把行李再搬回学校，等从容准备后再开拔的意思也曾有过，但为当时情形所动，而且再也不愿在那泥沼中陷得更深些，终究随在大队里出发了。

这时候我们又看见孙先生，他夹在队伍中，显得特别机警而严肃。我们知道他所担心的是什么，我们也是一样，都担心着另一部分人会出来滋闹，会阻挠我们的开拔，为了报复，为了把局面弄得更糟。山城的街市还酣睡着，静悄悄的，除三两警察外无他人。虽然在脚下被踏死了的小蛇已可在微明中辨认得出来，然而眼前，甚至心中，总是被黑暗压迫着。我们在黑暗中默默地走着，忽然看见在街旁的走廊下，在石阶上，坐着一个黑影，一个魁梧的身子。谁？当走近时才看出那是孙先生，他两手托腮，默默地坐着，注视着队伍的前进。几百个孩子都认出他，然而都不招呼，只偶尔听到“孙先生啊！”喑哑的一声低语。我们的行李是沉重的，一路上不知放下休息了多少次，到得江岸，已是满身大汗了。“渡江！渡江！”人人都这样低唤着。然而不行，天未放明，是不能渡过的，我们只好坐在沙上等待。不多时，月亮从云缝里露出脸来，风也吹得更冷了，于是在江畔跑着，踱着。这一阵冷，倒重新提起了我的问题：“到沙洲究竟住不住呢？”我在人群中穿来穿去地问，而所得的答案则为“不”。这如何能行？别人都带了不少的被褥而我则完全阙如，我决定回城去取一趟。谢谢毛公，他送我们到江边又陪我回去取了被来。我重又回到江岸时，正准备渡江，等五六只大船陆续渡过之后，天也大亮了。

行李是越走越沉，而心里却渐渐感到轻松，走在前边的大队里有人在唱着《义勇军进行曲》。在晨光熹微中，我们回顾郧阳城，发现有一个人在后面迈着迅速的步子追来，等那人来近时，才看清那是蒋先生。他追上我们，追上了孙先生，是表示送行的意思。两人刚一见面，孙先生便大哭起来，且道：“XX 兄，我实在不愿如此，为息事宁人起见，也不得不如此了。”蒋先生也哭了，在旁边的人也都落下泪来。哭什么？为什么会自然地哭起来？洒这样的泪有什么价值？惜别吗？绝不是！诉苦吗？更不是！我们毋宁说是为了我们的国家民族而哭！为了在敌人铁蹄下被蹂躏的山东父老，为了一群以学校为家庭、以师长为父母的孩子而哭！我们从山东流亡南下，辗转数千里至郧阳，当初是怀了什么希望？而结果呢？是贪污、欺骗、人事的摩擦、封建集团的倾轧，苦得一群孩子衣不蔽体、食不果腹、不襟不履，甚至连买草鞋的钱也没有，更谈不到什么求学或训练了。这是"学校"，尚且如此，其他方面如何？抗战一年有半，而尚有如此的教育！这是一个泥潭，我们想尽力澄清它，我们既没有澄清它的力量，我们就应当从里边拔出脚来。走开！我们是早就想走开的，但我们不曾想到是这样的走开。走开！我们抱着新的希望而走开，然而我们回顾过去，抚摸伤痕，我们不能不痛心！"我们从山东出来，是为了避敌，而现在走开，则是为了避自己的人！"与蒋先生作别之后，有人反复地这样哀叹着。

到沙洲，我们以包谷粥作为早餐，虽然不甚熟，也还香甜，但不见得人人能饱。共行五十里山路，宿小岭塘，小岭塘在荒山里，只有几家贫寒人家，米面供不应求。"没有盐，没有盐！"大家都这样传语。夜里睡在人家草地上，虽然不很冷，却也未得安睡。

一九三八年十二月一日

警　备

傍晚的时候，有一个短小精悍的队员来报告道：

“我发现一个形迹可疑的人，在我们附近逡巡了很久。这个人年轻力壮，负着枪，却穿着便衣。他很安闲地坐在人家门口喝茶。问他是干什么的呢，回答说是游击队员，是从襄樊一带退下来的。但问他为什么只是一人呢，便不再回答。以后他离开了村子，到野外去了，我以为他是已经走开的，但不久他又转回来了。”

来报告的队员挺着胸膛，一双眼睛在薄暗中放着光。还不等我们对这个报告有所讨论，他又继续奋勇地说：

“我相信那个游击队员是假的，那是个土匪。我们必须有准备。我愿意再到野外去侦察一下。”

刚刚说完了末一个字，就顺便从门后取了一条木棒，踏着健壮的步子出去了。“他是曾经有过作战经验的。”屋里有人这样说。虽然去侦察的队员回来说“并没有什么动静”，但我们仍不放心。我们的道路是长远的，我们的衣物是有限的，而此刻又是隆冬天气，我们必须保有我们仅有的“财富”。于是决定，请本村的保长替我们找人打更。

这位保长是一个令人不易捉摸的人，他有一个山民所应有的形貌与声音，然而他又时时显露出一种江湖气派，仿佛什么都见过，什么都懂得。显然，他在这小小山村中有着尊严与权威，而在我们面前又显得十分谦恭，虽然那谦恭并不卑琐，相反，谦恭之中却又暗藏着一股强硬的味道。我们预备雇五个巡夜的更夫就够了，而他却给我们领来十二个。一个更夫要多少钱呢？于此，他尽可能地利用了我们赵主任的弱点，我们的赵主任既希望少花钱，又愿意显得大方，不在这些山民手里落寒碜。我们屡次请保长说出工价，保长坚持不肯，却只大声笑着说：

“赵主任，不必客气啦，人过留名，雁过留声，大人是亏不着小人的。钱的事情，请主任随意赏给他们就是。”

他一边大声说着，一边用力地吸着从不离手的烟管，并从罩着一方脏布的额下翻着红通通的眼睛。“那么一切都托给保长了。”听了这话的保长，又阳气地喊道：“当然当然，三个五个的土匪，不敢来，我敢保险；至于大股的，那么那么……”

那么就不知道保长是什么意思，却只听他哈哈大笑，那笑声干燥而难听。保长退了出去，但出去不久，我们就听到远远传来一声枪响，那枪声响得沉浊而短促。不多时保长仓皇地走来了，用嗄声低语道：“听见吗？远处枪声，要小心！”我们都沉默了，只觉得打更是重要的，再不想到工价的问题。而我们的赵主任还要点验保长的队伍，还要看看他们打更用的武器。于是十二条褴褛的大汉子被保长领来了，他们一个一个，在惨淡的菜油灯光中出现在我们面前。我们仿佛受了一惊，几乎不能相信这些汉子能保护我们，却担心着另外的不测。我们看见这些弟兄，立时会想起我们所走过的那些荒僻山径，那些密密丛丛的树林。他们十二个人之中只有一支土枪，其余只是木挺、单刀、投刺之类。他们又退了出去，把我们留在沉默中。我们闭了门户，然后在沉默中解衣卧下。我们又听到保长在外边吩咐：“某某等把守东山，某某等把守西山，别些人分守四路口，要机警，不要打盹……”语声渐渐微弱下去，保长走远了。我们之中，有人轻轻地传语道：“我们也要机警……”有人就把身上所带的钱放到身子下面的铺草中去了。

次日早晨，大家从酣睡中醒来，仿佛昨天晚上的事情是在梦中经过的，因为大家都在疲劳中平安地睡了一夜。自然，那十二个更夫从我们这里得到了很高的报酬，连他们自己也想不到会有那么高的报酬。我们都忙着：到山沟里去漱洗，拴草鞋；伐了竹竿作手杖，打行李……预备开拔。保长前后左右地走动着，很殷勤。

当我们走出小岭塘时，才有人似有所悟地窃语道："我们总算过了第一关……但是我很疑惑，昨天晚上的枪声，是不是那十二个人中的那支土枪所发出的呢？……"于是我们谈起：这地方民匪不分，保长就是匪首，至少也都和土匪沟通。并有人指出沿山路被焚毁的房子为证据，说那是民房，也就是匪窟。

十二月二日

路

早晨九点钟出发。我们是第二大队。天气变得十分晴朗了，好像突然由冬天变成春天的样子。我们都很高兴。在队伍的前边，有人唱着顺口编成的歌子："光明送我们前进，太阳照彻了我们的心……"

于是大家都随着唱了起来。

十二时到花果园午餐，早有办前站的队员把饮食准备妥当。这地方人烟颇密，也显得富庶，很后悔前天为什么停在小岭塘，而不到这里来住。又听本地人说小岭塘确是有土匪的，就更觉得后悔了。又听一个老人说："这地方从前是很繁盛的，光绪二十四年（1898）刮一次大风，把村里的房舍吹跑了一半，以后就日渐凋敝了。"并说，山风是特别可怕的，不像平原上的风只是飞尘蔽野而已，山风却可以拔树倒屋，连人畜也可吹得无影无踪。

我们临开拔时，那老人又指示道："出去村子，便是公路了，这是西北公路的老白段，从老河口到白河。我们对于这路的开辟，都以为是花果园再繁荣的起始呢。"言下颇显出得意的神色。当我们走出村子，便看见几座新建的茅屋，而白色的公路就从那几间茅屋中间穿过，那是专做公路上生意的。这条公路完全是在山中爬行，凿山劈崖，工程十分繁重。我们一边走着，一边想道："假设有汽车可坐就好了"，而汽车果然就在我们身后追来。我们已经很久看不见汽车，此刻听到那声音，嗅到那气味，觉得既亲切而又生疏，我们都站在一旁向它行注目礼，让它空空地跑去。我们看到在万山丛中能这样畅行汽车，也立时觉得中国是有办法的，“抗战必胜，建国必成”又在人们口里喊着，这更增加了走路的兴致。走了一段路，而汽车的声音仿佛还在耳中，但更进一程，才知道已不是汽车的声音，而是大炮的轰击声了。奇怪！哪里传来的大炮声？大家都猛然一怔，虽然不曾说出，然而恐难免都想到“匪警”“战争”上去。那轰击声仿佛从远远的山背后传来，又为众山所回折，延续着忽强忽弱的余音。当我们沿山路再转过几道山峰时，才发现那声音的来源——是开路。

炸山开路的地方不止一处，每处有十余个工人正在忙着。这时开凿声、喧笑声、搬运声也都听见了。我们正在喜悦中向前行进时，忽然在较远的一处又轰然爆炸，一连爆炸许多响，石块纷飞，烟尘四处，碎石块飞落到山下的流水里，击得水面开花，烟尘乘风而起，飘飘如山中出云。工人的哗笑声和着轰炸的余音，一会儿静下去了，在“成功”的微笑中，他们蹑手蹑脚地走向被炸药炸烂了的山脚去，仿佛还担心着，惟恐尚有未爆的火药会同他们开玩笑似的。我们都看得发呆了，心里暗暗想道：“人力征服自然……长期抗战……这一条白色的线要一直拉到中国的边疆尽头……胜利……胜利……可感谢的可钦佩的开路工，我们向你们敬礼……”我们不愿走开，但愿再看一次大爆炸，再听一次路工同志们的哗笑声。我们倒退着向前进，走出很远，依然听到轰炸声、哗笑声。于是我们唱起了《大路歌》。

一面唱着《大路歌》，为了寻取捷径，我们又舍了公路，钻到山缝里拣起了小道。

十二月三日

黄龙滩

在暮色苍茫中，我们到了黄龙滩。

“黄龙滩”！好名字，为什么叫黄龙滩呢？这颇引起我们的幻想。这是一个很大的镇，人烟稠密，商业也相当繁盛。我们以为就要宿在这里了吧，然而不行，没有地方可宿，到处是军队，军队，军队。经过大街时，看见我们的狂飙剧团所贴的标语和演出的通告。经过一个大庙时，看见里边挤满了人，并听到喧闹声，知道他们正在那里开演了。

大队走出了街市，出乎意料地拦路横着一条绿水，那水绿得浓浓的，像汉江一样。有急湍声，有摇橹声，有呼喝声，有搬运声，彼岸已有人高高地举起了灯火。“汉江！汉江！”大队里边有人这样招呼，仿佛遇到了旧日的相识。我们离开汉江也不过才三天，却觉得已经隔开了很久，觉得已相去遥遥了。然而今天，我们遇到了这汉江的支流——堵河，我们又看见了这浓浓的绿水，又听到了这恶咒一般的涛声，就很自然地令我们想起被丢在后面的郧阳——汉江边上那座污秽的山城，以及在那座罪恶的城里边所发生的一些事情。这种回忆令我感到厌恶，有仿佛就要呕吐出来的感觉。当我陡然又忆起因为当事者的糊涂、顽固、疏忽，而把二十二个少女都葬送在汉江水中时，我就又想起了我的挽歌：

惟愿世间完全干枯，
也不要一滴清露，

免得它照见花影，
惊破了多泪的魂灵。
……
俺们还不如杀敌而死！
……

少女的怨愤语好像还混合在那水声里，我心里立时变得阴暗而沉重。

天已经晚了，我们的住处却还在远远的一座古庙里。我们过一条水，过一片沙，又登一坡高崖，才到达宿营地。第一队已留下了铺草，前站队员也把饮食预备好了，我们只负向本队队员发放的责任。拜会过庙里的住持僧，觉得那人虽不讨厌，但仿佛没有什么人情，想同他多谈几句也不可能。而最使我觉得难忘的却是一个挑水的老人，他住在古庙附近，站在庙门口，可以看到他的破烂的家屋。他身体衰弱，衣服褴褛，眼睛通红像血布袋，走起路来好像不敢下脚似的，一步一步地向前试探。他来回挑开水，不知已挑过多少次了，他使我们这些远行人有充足的水喝，这是在其他地方不曾有过的情形。我很难忘记这个人的好性情，他褴褛，他衰弱，他赤贫，然而他不使我们有可怜之感，因为他自己不表示出令人可怜的样子。他显得正直、热心，令人起敬。虽然天已经完全黑了，虽然他也曾说过“柴草缺乏，烧不开锅”，然而他总不愿让任何一人口渴。“我们将如何感谢这个老人呢？”差不多每个人都这样说了。

十二月三日

古庙一夜

这一夜虽然仍将睡在平地上，而且这只是在无墙无门的庙廊下，心里却觉得十分安适，且想，今夜是一定可以睡得很好的了；然而不幸，把事情忙完了，刚睡下不久，我的病也就发作了起来。其实，在路上也曾感到过腹部的微痛，并未在意，此刻才痛得不能忍耐，腹中绞痛，仿佛肠子要被绞断一般，每一阵痛，就有要把整个脏腑完全倾倒出来的感觉；虽然疲乏，虽然瞌睡，也只好从刚被温暖了的被筒里爬起来，不结纽，不束带，从别人身上踏过去，开了庙门出去了。

这时，村镇正睡着，山头也睡着，只有河水在大声疾呼，仿佛要把一切睡着的唤醒，而冷风也一阵阵从树梢头叹息着溜下来，使我格外清醒，也使我格外感到孤寂。远远的什么地方有一簇火光，是渔火呢，还是牧人的信号呢？这做了夜的灵魂，这使我仰头看天，天上没有星，更没有月，一片黑暗，压着山，压着树，压着我的眉宇。这境地使我暂时地忘掉痛苦，但使我又担心着另一种不测：不会有什么不法之徒出现吗？听说这地方也是常有宵小出没在山间的，而昨夜临睡时他们也特别注意门户，横闩一道，竖闩一道，门下又放了沉重的木桩。我一边这样胡乱想，一边注视黑暗的远方。远方，其实并不远。有一个脚步声走近了，那是轻轻地跑着的，而且听出微微的喘息声。我原是坐在墙角下的石头上的，于是不假思索地陡然站了起来。当发现跑来的乃是一只黑狗的时候，虽然恐怖已经消失，但心里还是跳着，同时，心里暗暗笑道：“还好，这绝不是夜袭，不过是觅食罢了。”为了避免冷风，我有时躲到门里去，但随着腹内的阵痛，又不得不跑到门外来。我不知道我这样过去了多少时间，当我再回到被筒中时，老和尚的公鸡已经唱了第一声。人们都还死沉沉地睡着，鼾声似乎是对我的嘲笑。这时我把整个白昼的事情想了一遍，才证明这次痛苦，完全是由于在路上吃了一个柿子。而且，我被柿祟所害已不止一次了，于是自己责备自己道：“贪吃的人，无论如何也教训不改！”在懊悔中我也沉沉地睡去了。

第二日早晨是被别人叫醒的。我已毫无痛苦之感，只是感到疲弱无力，然而我照样吃了冷馒头，喝了那老人送来的白开水，我照样准备着开拔，准备着爬七十里山路。在出发之前，我到那挑水的老人家里去酬谢他，我见到了他的老妻，他的弱女，他们一样褴褛，一样憔悴。他们的屋里是黑暗的，然而从破毁的房顶上漏下阳光来，我看见他们的锅里还有满满一锅开水。开拔之后，我的同伴们还在嘲笑我，说：“一个柿子尚惹出一夜病，你如何能去抗战？在前方作战的，不是时常用冷水解渴吗？”

十二月三日

阴森森的

走七十里山路，于暮色苍茫中到达鲍家店。这是一个较大的山村，一条发出嗬嗬的呼声的河水从村子中间穿过，把村庄分成了两段，一条颇长的石桥横在水上，在模糊中，使我有一种很好笑的印象：仿佛那长桥就是一条担杖，它把两端的村子担了起来。

我们的宿夜地点是在一个区立小学里，大队早已先到了，但他们还在学校的院子里徘徊，有的坐在自己行李上修理草鞋，有的坐在地上解行李，有的在寻找什么东西，有的到山脚下去洗脚，而有些太老实的队员却依旧背着包裹，仿佛非等到开了教室门，铺上了谷草，然后才肯放下似的。然而教室的门依然锁着，不能开，因为校长到什么人家里吃喜酒去了，一直不见回来。于是，孩子们乱推测着，有人说："人家不愿意咱们住他的教室。"也有人说："也许咱们的第一队秩序不好，于是人家不肯招待我们第二队了。"人们叽里咕噜地抱怨起来。最后总算有人来了，是工友，他奉了校长的命令给我们开门。门开了，于是大家从极度疲乏中——而且已经饿了——重又振奋起来，把教桌搬到外边，预备铺草。但是"草呢？草呢？"大家乱问着，等我们的负责人去问过了那个开门的工友，那工友才指着庭院角落里一堆草屑说道："那就是你们的草，是昨天你们第一队用过的。"当然，草是我们第一队用过后留下的，然而绝不会只是那么一点点，难道第一队共百十余人，就只买了那么一小堆草屑吗？我们也不必问，只觉得好笑罢了，我们的"主人"居然把我们的草抵作了"店钱"，我们只好设法另买。等铺好卧草，分过晚饭之后，天已经完全黑了。

队员们的食宿问题解决之后，我们才有时间到外边去洗脚、洗脸，并吃晚饭。自然，我们在外边耽搁了颇多的时间，我们必须把一天的疲乏休息掉，还要计算一天的账目。我们在一家小饭铺里受了诚恳的接待，衷心地觉得快慰，觉得这些无知无识的小商人——其实是些很劳苦的人——倒真使我们觉得心里热烘烘的，他们对于漂流人真如接待远游归来的儿子一般热心。我们怀着满心欢喜回到那小学校去。我们走过队员们住的教室，已听到有人发出鼾声，也还有人在细声细气地谈着。走进二门，我们要到那厅堂旁边的一间小平房里去休息。但是，当我们刚刚踏进二门门槛的时候，我们停住了，我们轻轻地退两步，站在黑暗中观看：在那厅堂的中间，那里也是黑暗的，但黑暗中有三颗星星，是三个火滴，在那厅堂的深处，忽然明了，忽然暗了，最后才看出，在那火滴的前面，有一个影子，那影子忽然高了，忽然低了，火滴忽然被遮了，忽然显露了。我们这才明白，那是一个人，而且是男人，他正在上香叩头，而且叩头无数，忽而起立作揖，忽然伏地不起。时间的延长使我们的视力变得更好些，我们看见那个高大的影子起身走去，走进一旁的一间室内，接着就听到关门的声音，当然，那室内有灯光，灯光照在窗上，微呈灰黄色，和没有灯光相仿。

我们屏住呼吸，放轻脚步，走近厅堂，模糊中看出那上香的地方有神像和牌位。我们走进我们被指定的小屋，办前站的同仁正点着自己随身带来的蜡烛写着日记。我们轻轻地问道："你见过这里的校长吗？""见过。"他答。"怎样的人物呢？"我们又好奇地问。这时，他脸上堆着笑，但笑里又藏着苦痛，拖着沙沙的声音答道："阴——森——森——的！他屋里的空气也是阴森森的！""你们曾谈些什么呢？""曾谈到军队。""为什么谈起军队呢？""因为他赞美我们的秩序比军队好，他说一生最恨的是军人，他讨厌军队讨厌到绝顶。""那么，他当然是指抗战以前的军队而言了。他这里有什么新闻吗，关于抗战的新闻？我们看见这山村还有一个邮局……”“没有新闻，”他把脖子一挺，捷然地回答，“他对于战事一点也不关心，他这里甚至没有报纸，他只是念经，念《阴骘文》，他还……”不等他说完，我们便抢着说道：“是的，我们看见他上香叩头。”于是我们叹息着，觉得这样一个古怪人物为何做了校长，又怎样教育一群小孩？尤其是在这抗战时期！我们倒很想同这里的小学生谈谈，问问他们受的是什么教育，可惜我们明天一早就得动身，也无可如何了。提到明天开拔的事，我们办前站的同仁便猛然想起来似的说道：“不是有些队员磨破了脚吗？他们不能再背行李，我已经托这里的校长给雇了两个挑夫，每夫一元五角，而且已经把钱交给校长了，校长说必须先交钱，不然挑夫是不干的，因为挑夫家里有老婆孩子，等着拿钱买柴米。”一元五！我们心里觉得有点不对，但也无可如何，因为我们已经麻烦了校长。我们睡了，而我心里老是念着“阴森森的”一句话，我在想象那位校长是什么样子，我很自然地想起关公，想起真武大帝，但都不对，我很想看看这个阴森森的人。

次日，天刚放亮，我们就打扫了教室，挑夫不曾耽搁时间，我们很满意。校长当然尚未起床，见不到。走出鲍家店，我故意追上挑夫问道：“你们为什么讨这么高的价钱？一元钱还少吗？”他们被我的问话弄糊涂了，原来他们每人就只得一元钱，那位“阴森森的”校长大人吃了他们每人五角。

十二月四日

“威尼斯”

过羊尾镇，知道不久就要到达陕西省的白河县了，虽然疲乏，也稍稍振作了一下。太阳就要落下山去，然而白河还是看不到。问放牛的，问挑担的，甚至问小娃子，总之见人就问：“到白河还有好远？”回答总是，“不多远，十五里。”在晚照中远远望见一叠叠山、一丛丛树，便喜形于色，嚷道：“白河到了！白河到了！”但依然不是白河。尽走，尽走，脚步越走越沉重，而太阳却故意加速地向山后躲去，落得四面只是一团黑影。没有人唱歌，也没有人说话，只听到脚步声。各人的行李在背后用力向下压着，向下垂着，仿佛再不愿挂在主人肩上，显出急于要躺在道旁休息下来的样子。而且队伍也渐渐零散了，不成队伍，只是三个一伙，两个一帮，这叫我们非常担心。我们想起汉江里那只破船，那是本地的土匪因图财害命而故意沉在那山脚下的；我们更不能忘记羊尾镇人所说的那条血裤，那是一个在前线抗战退下来的士兵因饥饿而抢劫路人的结果。我担心我们的小队员会遇到不测，他们年纪最小，而胆子最大，总是不顾大队而跑到最前边去。为了促使他们联络一气，促使他们一同走，我们从队伍的最后一个人，追到队伍的最前一个人，追到了前锋的队员，也追到了白河。

“威尼斯！”有人这样喊。白河县让我们想起画片上那座美丽的水城，其实这也只是在忽然转过一个山角后，在暮色中猛然乍见的一种近似的印象罢了。汉水随着山势陡然一个转折，水面也显得特别宽阔了，水面上有连樯结帆的船只，紧靠着江水的背面是长长的一列建筑，这些建筑都是楼阁式的，夜色，水光，给这些建筑添了梦一般的美丽。楼上的灯光倒映在水里，拉成长长的光幅，随着水波漂动。急流打击着山脚？发出呼呼的吼声，在水声中又隐隐听到市内的喧哗。第一队的队员在江岸上迎接我们，并为我们预备了渡船。这时，我们的疲乏完全消失了，反被这新鲜地方的最初印象振奋了起来，于是在水上漂起歌声，和着橹声，渡过了江面。我们以为在那一列建筑物里就该有我们宿夜的地方，然而不行，这只是一条买卖街，也就是这县城的精华之所在。在这条使我们认作“威尼斯”的街上只有一处小学，已被我们的第一队住满了，他们要在这里休息一日，于是我们就必须到城里去歇。“城里！城在哪里？”城在山上，又是一座山城，荒凉之至，比郧阳还更荒凉！并且迎接我们的人告诉我们：这地方如同死的一样，一点生气也没有，没有一点抗战的空气。这地方也偶然显得热闹，是因为有时多了些军队，多了些过路的难民。江面上那些船已在此停泊了多日，那是□□服务团的船，他们被白河人看作高等难民。他们的船上挂着大旗，十分威风。他们有老少男女，有笨重的行李，他们不能走路，不比我们这些十几岁的孩子能吃苦，他们必须坐船。他们怕土匪，于是停在这里等待县政府给他们派军队护送。然而据县长说，军队都出发剿匪去了——因为这一带山里土匪甚多，又有一种民众为抗丁抗捐而组织的“带子会”，也闹得非常凶，自然也在被剿之列——县长身边只剩了护兵，没有军队可派了，于是他们就在这里停着，停着，一点事情也不做。他们是服务团，然而并不服务，他们给这地方平添了一个热闹，然而并不向这荒城的同胞们告诉一点什么，却只把年轻女人娇艳地打扮起来给这些未见过世面的人们开开眼。于是我听到这么一个故事：服务团里有一个老先生，他是最肯负责、最努力做事的人，然而也最为一般团员所不满，尤其是一些年轻的女团员们。因为那位老先生常常告诫他们，劝她们不要涂口红，不要穿高跟鞋，不要穿太鲜丽的衣服，免得惹人注意，更怕惹起土匪的注意而遭逢不测。然而那些为抗战服务的女士们、太太们却最讨厌这些“教训”，她们每逢登岸，不论在城市或在山村，总是打扮起来向外展览，仿佛是向自然界炫耀，向那些衣不蔽体、食不果腹的人们夸示似的，而且她们会噘起红红的小嘴来，向那位老先生反驳道：“爱打扮，偏打扮，你老头子不要多管！”这类故事——当然还有其他故事——都是在我们渡江的时间，整队入市的时间，总之，在顷刻间我们听了很多，因为有无数的小嘴争着向我们耳朵里送，使我们一时听得忙乱。他们——第一队的队员们——比我们早到一天，就仿佛已是白河县的老住户似的，那么剌剌不休地讲着白河。

我们一听说我们必须进城，而城又在高山上，于是疲乏又回来了，然而无可如何，我们必须向上爬。我们穿过了那条号称白河精华之所在的横街，街上的灯光使我们炫惑，仿佛我们已经很久不曾见过灯光似的。我们穿过黑暗窄狭的小巷子，开始拾级而上，低着头，闭着气，努力向上爬。尽爬，尽爬，人烟逐渐稀少，简直完全是荒山野路了，我们的心随着平静下来，这时候才知道月亮已在背后升上来了。仰头向前望，月光洒在远远近近的山头上，在迷茫中看见一些建筑的轮廓。这时江声又压服了市声传送到山上来，在月夜中显得那波涛冲激得很远，好像在多少层山峦之外。我们爬着，也无暇看我们的时表，只觉得爬了很久，步子越走越小，腿部感到酸痛了。我们问：“还没进城吗？城墙在哪里？”回答却说，“早已进城了。”原来在不知不觉中已经穿过了城门，至于城墙更不曾惹我们注意。“荒凉哉吗，小山寨！”有人这样说着，觉得好笑。我们又看见茅屋，看见从门缝里透出来的灯光，这就是大街了。我们以为足够爬了十里（其实不过五里），到达了山顶，走进了我们的住处——文庙小学。据说这附近就是县政府及各机关，是这县城的行政区域。我们受到许多小朋友的招待，他们为我们送了水来，把教室指点我们，让我们在那儿睡觉。

弄铺草，发饭费，已费去了很多时间，等我们到一个人家，请人家给我们做了饭吃过之后，夜已经很深了。我们走在寂静的街上，草鞋打在石板道上发出沙沙的音响，浴着月光，踏着月光，觉得分外寒冷。向远处望望：还是山，还是山，山影、树影，“依山筑城”。这时也看见断断续续的城圈了，听到江水声，听到远处的犬吠声；而且，最使我们觉得奇异的是我们听到了荒鸡的啼声。在什么地方的茅屋下面，在一张被冷气所包围的床上，也许有一个不眠的人正在想着心事，说道：“荒鸡叫——不祥的兆头哇！”——我心里这样想。我们回到小学后，队员们都已经入睡了。

十二月五日

母与子

月亮已经上来了，大概已是十点钟的光景，然而我们的肚子里还是空空的。我们三个人来回在大街上走了几次，到底寻不出一家饭铺，觉得非常焦急。“好，咱们就硬闯一下吧！”我们的大队长这样说着，便领我们去敲一家有灯火的人家的门板。

那是靠街的一间门面，前面一排门板已经完全关住了，仅有极微弱的灯光从里边透出来。我们很难相信那里边的人还未睡觉，更不敢妄想人家会给我们可以充饥的东西，万一冒犯着人家，深更半夜，也是极不方便的。我们对于贸然地敲门这回事，怀着不少的忧虑。然而我们的大队长是不管这些的，砰！砰！砰！他一连敲了数次。这叩击声散落在人家的门板上，同时也响在我们的心窝里，我们的心正在跳着呢。

稍停了一会儿，门却出乎意料地开了，开门的是一个五十来岁的妇人。她显然还未预备去睡，因为她的衣服还是齐整地穿着，而她对于我们的贸然叩门也并未显出惊异，只是漫然问道：“谁呀？什么事呵？”我们的大队长即刻和气地答道：“老太太，我们是行路的，天已经晚了，我们还不曾吃什么东西，老太太能给我们做点饭吃吗？”她把我们上下打量了一番，就把我们迎接了进去。

进门的一间不过三步宽，只摆设着炉灶炊具等。打开一个布门帘，显出了一个明亮的内套间来，里边有床帐，有桌椅，有厨架杯盘，一切都干干净净，整整齐齐。墙上挂着烟卷广告的大幅美人画，那美人在灯光中还笑微微的，显得十分新鲜。床上有一个三十岁左右的男子，面黄肌瘦，衣履鲜洁，正在那里忙着收拾鸦片烟具。“老爷们吸一口吗？……不吸？那么就赶快收拾起来好了。”女人说着也去帮着收拾，又吩咐那男子道：“快去生火吧，老爷们还没吃饭呢。”于是那男子便到外面生火去了。

我们的大队长是一个心直口快的人，他大概惟恐那女人不知我们是干什么的——显然，她把我们当作军人了——就放开声音告诉道：

“老太太，你猜我们是干什么的？我们是学校里的先生呵。我们是山东人，日本鬼子欺侮咱们中国，把山东强占了，我们就舍家抛业跑了出来。我们吃饭是给钱的，请你们好好地给做一点。”

那女人就笑着道：

“唉，是呢，日本鬼子打咱们中原，是早就知道的了，可想不到你们山东人会跑到我们白河来。我们这儿是不要紧的。”

于是我们又告诉她，我们曾在湖北住过半年，现在是要到四川去。

“唉，是呢，入川呵，可不容易！”

她这样惊叹了一句，也到外面帮着那男子做饭去了。

我们一面听着外间里揉面、切菜和烧火的声音，一面喝着人家的残茶，谈论着。

大队长说：“怎样？今天吃一次好饭吧！”

我们的医生却低声说：“哼，不是好人家呵！”他撇撇嘴，又摇摇头。

我很疲乏，不愿说话，心里却在想：“这是一个什么人家呢？以什么为业呢？女的和男的什么关系呢？”

队长打开了话匣子，讲着今天在路上的所见所闻。他又谈起被山匪沉在汉水里的那只小船，丢在道旁的那件血染的军裤，谈着这一带人民的贫穷、懒惰、吸鸦片……这都是沿路看得清清楚楚的情形。而我们的医生却还是撇着嘴，摇着头，玳瑁眼镜下面的大眼睛里放着不信任的光芒，说道：“不对，不对，我们也不该到这儿来吃饭，这不是好地方呵！”

不久的工夫，便有热腾腾的面条放在我们的面前了，果然不错，正如大队长所说，这是一顿很美的晚餐。我们自然是不绝口地称赞，又洁净，又适口，而且又是多么敏速的。而那个女人却非常谦恭地说：

“请担待，请担待。”

我们吃罢饭，付出了很高的代价——因为人家并非卖饭的，自然也不便讲价——在“明天再来，明天再来”的欢送声中，走到大街上来了。吃了热面，自然觉得街上更冷了。月亮发着白光，照着山头，该正是凝霜的时候了。我们一边走着，一边凝思着，不言语，只听着草鞋打在石板道上的声音。

当夜住在文庙小学里，我们都有沉酣的睡眠。早晨本可以不必早起的，然而我们已经养成一种早睡早起的习惯，而且昨天晚间大队长已同队员们说定，早晨要早起，参加文庙小学的升旗礼，因为我们的大队长是喜欢随时随地表现我们的精神的。于是我们很早就起来了，而且把全体队员都集合起来站在小学门口，预备升旗。我们自然是郑重其事的，而结果却是失望，七零八落的几个小学生，眼里含着眼屎，衣服纽子也不结，胡乱把一面污秽破烂的国旗拉起来就算数了，他们的教员先生不曾有一个起来参加。就连那国旗也好像还未睡醒似的，有将要在屋顶上再睡一下的架势。升旗之后，我们就到山沟里找水漱洗，漱洗之后，我们将有一天的余暇，而我们的大队长却已在嚷着“吃饭，吃饭”了。其实，这时候太阳已经出来，今天虽然不赶路，若是早吃罢饭，也可以尽量地到处去活动一下。吃饭，这都是同意了的，到哪里去吃饭呢？这却有一点小争执。这在大队长是毫无疑义，他还是叨念那个人家的“好面条”，而且他已经把今天要吃的东西设计好了，他想叫那个人家给做炙油饼。大队长是最喜欢吃炙油饼的，他在家乡时就喜欢吃这个，在这去家数千里的山城中，忽然又想起炙油饼来的大队长，该是有着无限的乡愁吧。在晨光中，他那高大的身子挺挺地立着，像马鬃一般的头发蓬松在前额，两丈长的影子横在他的脚下，看那样子谁若想不让他去吃炙油饼，那简直是不可能的；虽然我们那位玳瑁眼镜的义务医生还屡次地摇着头，撇着嘴，也无可如何；我却想："看看到底是个什么人家吧。"于是，我们仍旧到那个人家去了。

当我们到得那人家时，那女人已把一切都收拾妥帖了，我们受了更热诚的招待。那女人一面为我们预备做饭，一面同我们谈着。她先告诉我们，她并不卖饭，但是有人到这儿来吃饭她是欢迎的。"县政府里，各机关里，还是军队上的人们，都常常到这里来吃饭呢。"她微笑着这样说时，显出仿佛有无限光荣的神气。并说："先生们尽管放心吃，绝没有错儿，咱们就是爱吃好味道的。"我听着她的谈话，注意着她的行动，却不能了解她是怎样的人。昨天晚上看她有五十来岁的，今天仔细端详一番，却又觉得她实在并没有那么老，而且这是女人中最平凡的那一类型，人不会在她身上寻出什么特点来的，除了她那特别的整洁，但那整洁又令人起一种"未免过分"之感，好像一切都并不那么真实似的。头发虽然不多，但还没有多少白发，而且梳得非常光滑；虽然缠得很小的脚，却也是非常端正的；衣服自然是纤尘不染；脸上虽有几条皱纹，但还有着一种为女人所特有的光彩。我不知为什么会联想到尼姑身上去，难道她有什么地方近于尼姑的吗？我不能猜透。我们已是相熟了，大队长就问道：

"那个年轻的是你的什么人呵？"

"是我的孩子呵！你还不起来吗？先生们等着吃饭了。"她一面回答队长的问话，一面又招呼她的儿子。

这时我们听到顶阁上有咚咚的声音，原来那个年轻人就睡在那上边，虽然那地方也可以称为"楼上"，那却是极黑暗而低狭的地方，我们以为那只是存蓄废物的地方。不多时，那个年轻人就从上边下来了。他匆匆忙忙地到外间去漱洗，漱洗完毕，自然就是忙着为我们做炙油饼了。他很少说话，像一个胆怯的幽灵一般走出走进。他的脚下没有什么声音，连放置东西的声音也是轻轻的。小小的眼睛，尖尖的鼻子，短短的下颏，都同他母亲相似，而更相似的是那一派过分的整洁。他戴了一顶红疙瘩的瓜皮小帽，衣服是非常窄瘦地捆在身上，有点像纸扎铺里做的时髦男侍的样子。我在这个男子身上也颇费了一些心思，但想确定他是干什么的却很难，他有点像成衣匠，又有点像理发师。大队长却抽空把嘴唇凑在我的耳朵边说："你看这家伙像不像窑子里的毛伙，再不然就是相公。"但那个女人却告诉我们道："这孩子从小娇养惯了，他有病，他什么事也不能做呢！"

"你们的家口呢？没有带出来吗？"她一边冲着茶，一边又问。

"没有呵，老的老，小的小，没法带呢！"大队长又回答。

"哎呀，哎呀，你们那做娘的，也不知在家想念成什么样子了——唉，唉……"

她不住地叹息着望着我们。

"娘没有不痛儿的。"她这样断然地说着，于是自动地说起她自己的事情来了：

"我这个孩子从小就没有爸爸呀！嗨，他爸爸还没看他生，人就去世了。我，我把他养大起来，可是好不容易呀。他又病，也就娇养惯了。我们家原先也是很好的，可是后来就渐渐不行了，你想，我一个女人拉着两个孩子……"

"两个吗？"队长插嘴就问。

"是呵，他还有一个姐姐哩，他姐姐可比他壮多了，又高又大的婆娘啦，她嫁给一个保安队的队长，那队长原是在咱们这儿住了很久，可是此刻换防到冷水河去了。"

"冷水河吗？"这回是我们医生说话了，他在看着那墙上的一张旧报纸，"我们不是也要经过冷水河吗？"

"对，你们一定得走冷水河，坐船也行，起旱也行，可是不大好走呢，近来路上太荒了。我那姑娘一年半载不来一次，我那女婿倒是常来的，他叫王得财，你们到冷水河一问就知道。”

说这话的时候，已听到外间里有滋滋的油锅声了，炙油饼的香气就传到里间里来，大队长就放声笑着，喊道：“好了，好了，炙油饼得了！”

那女人也即刻跑到外边去，回来却说：“不成，还得等一会儿。”

她于是给我们预备起餐桌来，但还是不住地谈着：

“我们女婿也天天担心，说是不一定什么时候就会被派到前线去打日本呢，自然，他是不愿意去的，我那姑娘一听说打日本就哭。还在拉壮丁啦，你们山东也拉过壮丁吗？”

“拉的，无论什么地方都拉，为了打日本。”我们回答。

“这也难怪了。”她又叹息起来，“我这个孩子本来也该被拉的。可是，先生你们看，这孩子怎么能当壮丁呢？他年纪是够了，可是并不壮呵！你想想，天呵，我就是这么一个孩子呵！我自从年轻守着这么一个孤儿，我怎能让他去送死！可是不成，咱们不能违抗命令，这是官家的命令呵！”

“然而在抽丁的条例上是不……”这问题在我脑子里一闪。

她停了一会儿，仿佛有无限的伤痛似的，又走到外间去了一次，回来又接着说道：

“说好说歹，总算免了，这是咱们这儿的高保长给办的。保长办事多年了，和咱们走得很近，就把话说给了官家，把这孩子的壮丁免了，另外找到了替身。”

她笑着又走出去了，她笑得真挚，等她端了炙油饼回来时，并带着满脸笑容说道：“请吃，请吃，炙油吃酥，要趁热呀。”便提着茶壶冲茶去了。

于是，我们吃起炙油饼来。我同医生都默默地吃着，不说话，而且油饼也太热了，吃一口，眼里只想流泪。大队长就不住地喊着：“真好，真好。”又说：“吃了油饼，就算到了家了。”吃完了饭，我们就告别了出来。走到门口时，就听到有飞机的声音，大家都仰起头向上看，那女人就说："又来飞机啦，前回也来过，是大雪天，漫山遍野一片白，飞机不怕雪。"

这一天，我们有许多事情要做，爬山，看水，写家信……而我同医生却常是在一处的，等到应当吃饭的时候，我们也不知道，大队长是在什么地方，就只好依从了医生的主张，不再到那个人家去，而在河街一家小面食店里吃过饭。在吃饭的时候，我们谈到我们这一天所得的印象：山是荒的，没有辟治过，官膏店太多；太不讲求卫生，尤其是河街一带，靠水滨那一排房子看去都像楼房，而每家的厕所都在那建筑的高层，你在水边散步便看见男的女的在那上边向下排泄，臭气难闻……没有救亡工作，没有抗战空气。我们又向店里打听去冷水河的道路，以及冷水河的情形，然后又回到文庙小学。途中看到道旁围了一大堆人，以为是玩把戏的，近前看时，原来是我们的队员在那里向民众讲话，正讲到最近的胜利消息。我们在住处等了很久，还不见大队长归来，觉得奇怪。等他归来之后，已是太阳下山的时候了。

他刚一进门，就嚷道：

"妙哉！妙哉！原来是这么一回事！"

我们莫名其妙，问他："什么事？"

"是这样的，"他开始告诉我们："今天遇到了湖北服务团的老朋友，于是痛痛快快地跑了一天，又吃，又喝，闹得不亦乐乎。可是当我回来的时候，我又有点饿了，怎么办？我走到吃油饼的那个地方，门是关着的。向左一转，却看见一个卖豆浆的人家，而且还有油条——你知道，就是和炙油饼家斜对门的。于是我就决计去吃豆浆油条——你知道，这也是很久不尝的美味了，我就进去。我一进去却没有人招呼，一个油鬼在那里生着气，骂着，仿佛并没有看见我，我也听不懂他骂些什么。'吃豆浆呵，家伙！'我这样凶凶地喊了一声，他才停止了怒骂，给我拿豆浆油条。那家伙真脏，我简直想呕，但是你已经吃开了，也就只好忍耐。我是高兴开开玩笑，打听打听闲事的，于是我就开了腔，我说：‘喂，家伙，你好好的买卖不做，生的什么气哩？’他就跳起来骂道：‘就是那家王八婊子，吃东西不给钱，要账翻脸。’——他指着炙油饼家。原来他两家刚吵过嘴，这就更惹起我的好奇心来了。我就问：‘那人家是干什么的呀？’‘干什么的吗，吓！’他说，‘她妈的卖Ｘ呀！’——哈哈，你知道，她家里原来是卖Ｘ的呀！可是你别以为那个老妈子会卖，不是的，是她的儿媳妇，她那个纸扎的儿子还有一个漂亮媳妇哩。这是那个卖豆浆的油鬼说的。她那个儿媳妇不同她儿子在一块，却同那个高保长过起日子来了。哈哈，真热闹！故事还不这样简单，这儿也还有她那姑娘的一份儿，这就是那嫁到冷水河去的姑娘呵。原先那个高保长是同她的姑娘胡搞的，后来却被那个姓王的保安队长抢了去，于是保长又同她的儿媳妇干了，那个儿媳妇就住在保长家里。她母子就吃这个，就靠着这个生活，也靠着这个吸鸦片，人家还靠着保长势力不去当壮丁呢！那个油鬼这么说。那么，我就问了，我说：‘一个保长就这么厉害吗？’他说：‘是的，就这么厉害，他叫谁当壮丁谁就得去，他不叫谁去就免了，有钱也能免，有漂亮女人也能免，可不是家家户户都有漂亮女人和他睡觉哇！’——那油鬼这么说。”

“但是在抽壮丁条例上大概是不准抽独子的，而且她还是个寡居。”我忙插一句。

“条例？老百姓懂得什么鸟条例呀！”

队长说完，又哈哈大笑起来了。

“怎样？我可完全没有猜错！”医生又撇嘴这样说。

天已经暗下来了。队长就吹着哨子召集队员，为了明日去冷水河，他要训话。

十二月六日

冷水河

天还黑魆魆的，人也还睡得正甜，忽然传来了一阵开门声、人语声、脚步声，而那担杖钩环的声音更是哗啷哗啷地响得清脆。我们都被惊醒了。点起昨晚剩下的小烛头，摸出枕边的时表一看，才四点半，距天明还有一点多钟，然而李保长已经领着人送了几担开水来。同时，听到队员们也都起来了。为了赶路，我们自然希望早起，但今天实在起得太早了，夜里睡不足，白天行路也是容易疲劳的，于是有人喊着："太早哇！太早哇！"这喊声在我的耳朵里回旋了很久的时间，因为我立时想起了那一世之散文作家阿左林，他在一篇文章中曾说起西班牙人在日常生活中所常用的三句话：第一句是"晚了"，第二句是"干什么呢"，而第三句则是"死了"。这是很可怕的三句话，试想咱们这个国家的人民，又有多少人不是在这三句话中把一生度过的呢？而那最可怕的就是："晚了！"这就是说："糟糕，已经来不及了！"想想西班牙在这时候所遭的命运，再想到我们自己的国家，对于"太早哇！太早哇！"这呼声，就有着特殊的意味，也有着无限的感慨。究竟"太早"比"太晚"是不是较好一些呢？一切事情，如能不过早也不太晚地去做，那自然很好，但那很不容易吧，我想。那么还是希望大家"早一些"较好，咱们似乎应当用"早一些"来代替"晚了"那一句话。

我一边这样那样想着，一边收拾行李并漱口洗脸，而这时候队员们已经在院子里吃着昨天的干粮，喝着今天送得"太早了"的开水。我们的大队长照例是忙碌的，他在走来走去地张罗着一切，等他回到屋里来时，就笑哈哈地说道："真想不到白河县人做事这样认真，惟恐耽误了我们走路，半夜里就送了开水来，这也可以证明这地方的政治还不坏吧。"我心里明白他的意思，他不过是指县政府对于保甲长，以及保甲长对老百姓的威严而言罢了。县政府命令保甲长，保甲长命令老百姓："要早送开水，万勿迟误。"于是就有今天的结果，而这也就是大队长之所谓"政治不坏"，我对于这样的赞美是不置一词的。等到我们饮食已毕，一切停当之后，问题却来了：我们雇的挑夫还不见来！我们在焦虑中等着，等着，一直等到八点，挑夫才陆续来到。问他们为什么来得这样迟，他们却很坦然地答道："还得烤完了烟啊。"原来他们都是些鸦片烟鬼，他们仿佛很有理由的那样不慌不忙回答我们。一边捆行李，一边听队员又大声喊道："太晚了！太晚了！"然而那些鸦片烟鬼却仍是不慌不忙，这种不慌不忙的态度好像在回答我们说"并不晚"或者"还很早"一样，叫我们非常生气。等到开拔之后，出城，下山，他们又买烟、买火、拴草鞋……赶到河街时太阳已经很高了，然而有的挑夫又不见了，有人说是去吃饭，也有人说是去烤烟，弄得我们无可如何，因为实在已经"太晚了"！

我们一路沿着汉水，踏着山脚，前进着。我们的歌声和着水声，在晴空之下彻响着。"拐过山嘴便是月儿湾了。"有人这样喊。月儿湾——又是一个好名字，还有黄龙滩、花果园……我忘记我是在流亡，忘记是为我们的敌人追赶出来的，我竟是一个旅行者的心情了，我愿意去访问这些荒山里的村落，我愿意知道每一个地方的建立、兴旺、贫困与衰亡，我愿意知道每一个地名的来源，我猜想那都藏着一个很美的故事……但这样的念头，也只是转瞬即逝的事情罢了，尤其当看见在破屋断垣上也贴下红红绿绿的抗战标语——这是在城市中我们看厌了的，而在这荒山野村中却觉得特别有刺激力；而当我们从那些打柴、牧牛的孩子们的口中也听到几句"打倒日本，打倒日本"的简单歌声时，我就立时像从梦中醒来似的，心里感到振奋，脚步更觉得矫健了。

奔到月儿湾，我们停下来吃午饭。这时候，我们才有机会同挑夫们谈谈话。我们是喜欢同他们谈谈的。谈到他们的工钱，我们才知道他们又并非自由的挑夫，他们也是被政府硬派了来的，那么，我们所出的工钱恐又不知经过几层剥削才能到达他们的手中。而他们之中竟有人因年老、因烟瘾而不能胜任，想偷跑，想雇人替换，也就是当然的了。自然，我们也同他们谈到了吸鸦片的害处。我们的队员尤爱抓住这种机会大发议论。但说来说去，也只能从烟鬼中换得这么一句回答："这我们何尝不明白，但是现在明白已经晚了，烟瘾已成了，家业也穷光了！""晚了！"他们也知道晚了。于是青年队员就激昂地说道："好，你们好好地再吸两年吧，不然，现在便要戒绝，若等到抗战胜利之后，你们便只好吃那最后的一颗大烟丸了。"这所谓最后的一颗大烟丸者，乃是指那一颗可以打穿脑壳的子弹而言。这种想法原是很近理的，总以为抗战胜利之后，中国的政治应当完全刷新，那时就不再允许这些烟鬼存在了。这是一个政治问题，挑夫自然不懂，却也没有人为他们解释。

从白河到冷水河，共七十里，并不难行。但因为今早动身太晚，所以到达冷水河时又是相当的"晚了"！

冷水河，从左边的山涧中流注汉江，河身甚窄，河水清浅，在碎石上潺潺流来，确有一些清冷之意。过冷水河不远，便是冷水河的村庄，在暮色中只见围簇着一些房舍，有的房舍还冒着炊烟。在冷水河与汉江之间，矗立着一座雄伟的建筑，叫作双龙古刹，也叫作观音庵，而庵下就是观音滩。这里的江水正当一个山势陡转处，水流甚急，又以水底多石，所以水声甚大，而行船最难。据说航船到此，必须连客带货一并卸在岸上，然后才能把船拖过，否则便难免危险。我们就看见一只小船还正在滩中间沉着，被急流所冲击，激溅着白色的浪花，而那只小船却是一动也不动。双龙古刹是借了山势而雄踞在险滩上的，它似乎被群山所包围，而又高出于群山之外，它像一个巨大的魔灵，做着这险滩的主宰，益显得这地势险恶万分。而今夜，这古刹就做了我们的宿营地。

我们在模糊中吃过了地瓜米粥，又托本地的保长给雇了一只可以载行李直达安康的小船，便借着观音面前的灯光打铺休息了。半夜里醒来，听见江涛的声音，仿佛在深山中来了暴雨，颇令我想起在泰山斗母宫曾听过的山涧水声，似梦非梦，不知身在何处。揉开睡眼，却看见月光从古刹的窗上射了进来，照在粗大的黑柱子上，照在雕绘的栋梁上，照在狰狞的神像上……心里有些恐惧之感，同时也有说不出的感伤。我不能入睡，我想着种种往事，想到将来，想到明天蜀河的道路，乌江渡，又一个可怕的地方。我摸出时表用手电照着，看看时间的向前移动，我决心在那个不太早也不太晚的时候把大家叫醒，预备赶路。

十二月七日

乌江渡

天阴着，而且落着雨滴。“下雨也得走！”这是毫无疑义的。

今天我们不必再同那些挑夫们生气，队员们也不必自己背负行李了，我们用四十元雇了一只小船，可以把行李送到安康。所以今天起程时大家都感到特别轻松，可以更自在地唱歌，也可以一边走路一边谈故事了。但是新的问题又发生起来：行李船的速度和大队的速度是不一致的，我们必须有人在船上看守行李，又必须派十几个人准备过险滩时帮助拉船；而到了必要的地方，我们还得尽可能地使大队与船同行——然而这是很不易做到的事，因为船行得太慢。这使我们担心不少，尤其在乌江渡。由于传闻说乌江渡一带，有数万饥民所结成的“带子会”，他们有组织、有武器，出没山中、打劫行人，尤其对于过路的军队，时常予以截击，而且反抗纳粮、拒出壮丁；也由于这个地名——乌江渡，在想象中那个地方的江水也该是乌黑的、可怕的，而且猜想那个渡口上一定有一只小小的渔船，待在芦苇深处，那是专为接送绿林豪强或传递秘密消息的。自然，那里的山也就变了颜色，黑松林、残废的庙宇……乌江渡用一副凶恶面貌在等待我们，我们也不知道那儿会发生什么故事。我们谈论着这地方，也向人打听，而且计谋着万一遇到什么不测时应当怎样应付，而最使我们感到不安的还是我们的行李船，这时大家就觉得与其把行李放在船上还不如负在各人背上更安全些。我们只希望我们大队能同行李船一块走就好了，因为我们一共百十余人，而且都是青年，看起来也还不见得可以随便轻侮。

走出四十多里地，我们就在沿江的石头上发现了用粉笔留下的字迹："前面就是乌江渡！"这是我们的第一队留下的。再继续走，就继续有所发现，而且都用了很多的惊叹号："小心！莫说话！要沉着！""不要左顾右盼！不要随便打听！要肃静！"……这些字对我们产生了很大的作用，大家立时安静了下来：没有人说话，没有人唱歌，队伍也整齐了；人们总爱用手杖打击着道旁的石头的，此刻也不再听到那种声震山川的清脆叩击声了，连呼吸也似乎都屏住了。然而山还是那样的山，水还是那样的水：山是一层层的荒山，没有树林，绝少人烟，两旁的山紧夹着江水；水还是清清冷冷的绿水，有石滩处激出霍霍的声音。然而这山水在我们的"心眼"中实在已变了颜色：没有人声，没有鸟语，天空阴沉沉的，到处都罩着一层恐怖。迎面一片沙滩，没有芦苇，却在一堆乱石旁边系着一只小破船。船后插着一支篙子，船身微微摆动着，却不见人影。"这就是乌江渡！"我们在石头上，发现这样的句子。

"好吧，我们就自己过渡。"

我们在江边沉默了片刻以后，我们的大队长这样决定。

我们刚刚要去摆弄那只小船，而人就来了，他从半山的一座小茅屋里走来。他是一个极平常的人，沉默寡言，动作迟缓。然而我们却想："是的，他们都是这样的，不多说话……仿佛那个人的沉默正是他的可怕之所在似的。"我们照样子拿了船钱。我们分作几排过渡，而最后留在江南岸的人就显得有些不安，好像惟恐那个管船的人不再渡他们，却故意要留他们少数人在一边被他的同伙们来抢劫一般。等大队都过完，我们的行李船也放下去了，我们整队前进着，然而还是在沉默中、在警戒中，虽然心里已经放下了一大半。

在蓝滩午餐，也只有匆匆的停留。那地方男人很少，卖饭的多是女人，偶然遇见一两个男子，看起来也有几分凶气。傍晚的时候，行在很荒僻的山径上，看见两个女人在道旁烤火。烤火！然而我们并不敢断定她们是在烤火，虽然天是非常寒冷的。我们以为她们是在那里放烽火，她们大概就是“带子会”的岗哨，她们在放火号召他们。她们有多大年纪呢？这很难说，因为是在暮色中；而且她们的长发披散着，一直垂到颈项，把面庞遮盖着；而且在她们——在饥饿线上的灵魂们，三十岁人与五十岁人也很难看出多少区别吧，总是污秽、黧黑、肌黄、面瘦，失去了作为人类的形象，那深陷的眼睛、那干瘪的嘴唇、那焦黄的牙齿……那是不能想象的。不，不是想象，我是特别仔细注视过那两个女人，我觉得骇怪，而又觉得痛苦。“人”“曾经为人的动物”，作为“我们同类的人”呵，为什么竟不像“人”的样子呢？不只是这两个，实在我在这一带见了很多：男的，女的，“野兽”！确乎是这样的印象。然而我不能不责备自己，我怎能用这样的两个字去称呼他们呢？我又想到那所谓的“带子会”，那是几万人呵。他们被称作“土匪”了，而且他们使我们都怕他们了，而我们也怕了我们那些善良的同类了！……我们从那两个女人旁边经过时是沉默着，我们走过之后又窃窃地谈论着。“她们为什么在这样的地方烤火呢？”有人这样问。是呵，这样的地方！这是什么地方呢？这是高高的山头呵！这里距江面已经不知有多少丈高了，我们看不到江水，我们的小船也不知漂到什么地方去了，这里的北风是特别尖利的，而且这是深冬，而且是在黄昏呵。“她们为什么不在家里烤火呢？”好奇怪的责问呵！家，她们有家吗？我不知道……

我们总算平平安安地到了蜀河，然而天已经晚了，而我们的小船又给我们添了麻烦——它走错了路。它应当从沙洲的北边靠到岸上来，它却被拉到沙洲南边，进了逆流，陷在险滩里了。滩狭水急，涛声如雷，在暮色苍茫中，我们只听到船上的人们在遥遥地呼喊，“嗬嗨，嗨嗬……”和水声搅在一起，却听不清是喊些什么。我们十分焦急，船不靠岸，取不到行李，我们将不能睡觉，而且万一发生覆船危险，就更不堪设想了。在我们这一边的岸上，本来停着一只篷船，我们请船上的人去拯救我们的小船，并说明拿钱报酬他们，然而他们不肯。只有船可以救船，船既不肯救船，这叫我们莫可如何。我们正在乱纷纷地吵嚷着，忽然听到个粗大的声音:“咱豆（都）是山东老乡唵！”这地道的山东口音叫我们听起来非常亲切——那是一个军官——我们把困难告诉了他，他很生气，他强迫那只停着的船去把我们的小船救了过来。这时已经八点以后了，我们才得把行李运到蜀河街里。

这地方居民颇多，有小学校，商业繁盛，物价亦廉，而卖馒头的却故意欺诈我们：一串钱一斤的馒头，必须一毛钱一斤才卖给我们。这事又被那个军官老乡知道了。“奸商！汉奸！”他怒骂着那个商人，并命令他的部下把那个商人惩罚了才算完事。这事情固然做得很好，但我们心里却很不安。我们的晚饭是胡乱吃过的，我们的秩序也很坏。救船，同商人打仗，弄得大家情绪极恶劣。又费了许多时间，才把百十个队员分别安息在五六家商店里。这些事，还幸亏有我们办前站的队员早有准备，不然还不知要糟到什么地步。我们办前站的是跟同第一队来的。从他们口中我们知道，昨天第一队从乌江渡经过时曾经受了惊吓。据说当他们到达乌江时，就看见两面诸山中不断有奇怪人物出现，有的叫嚣着、呼喊着，有的又跳蹿着，仿佛在试探这小小队伍的胆量并窥察这队伍的性质似的。

十二月八日

形貌，说明原因，而他们的答话却只是一个“不照”（不知道）！他们这种淡漠的态度使我们不信任，我们到他屋子周围去巡视，最后，我们竟鼓了勇气要到人家屋子里去了。那老头并不阻拦，却只气昂昂地说道：“看吧，我这里是干干净净的，什么也不藏！”显然地，他不明白我们是干什么的，正像我们对他们的怀疑是一样。但是竟不曾想想：他们真会把那个队员藏起来吗？他们只为了要剥他那一身破棉制服？还是会像在山东时一样把他绑架了去等我们拿钱赎票呢？唉，结果弄得我们觉得惭愧起来。我们正在那里无可如何，同时希望在水里、在乱石堆中或者在泥沟，能发现那个胡秋实，但忽然有几个人从大队行进的方向跑来喊道：

“找到了。他自己跑到大队和行李船的前边去了。”

这消息弄得我们喜怒皆非，只能喊道：

“唉，这正是所谓胡秋实了！”

二、断了纤

到泥滩，看见洵阳县政府晓谕“带子会”的告示，大意是：当此抗战期间，国民应以国家民族为重，不可在后方聚众滋扰，而且当兵纳税乃国民应尽之义务，何况现在正和敌人作着长期抗战，正需要不尽的人力和物力呢。这一带山势渐渐平坦了些，也渐渐有些梯田，不像过去那一段那么一任其荒芜了，而江面也渐渐宽阔了些，因此，在行路人的心情上也觉得舒展了些，大有渐近平原阔野的感觉了。

约下午三时，到达高北店。这里又当江水转折处，滩险水急，舟行不易。我们在休息着，等待我们的行李船，而担心着它将如何渡过这个险滩。然而担心着的事情总难免发生：行李船逆滩而来，纤绳挂在山角上，断了，小船便像一块瓢片似的被浪头打了下去。等我们请停在高北店的一只小船去搭救时，行李船已经被打下了三四里远而停在了浅滩上，天幸未出大险；而船上一个发疟子的队员已经吓得面如白纸，全船的行李也十之八九打得透湿。掌舵的太公坐在沙岸上闷闷地抽着旱烟，嘟噜着，骂两个拉纤的不听指挥；两个拉纤的却默默不语，在帮着队员们搬运湿行李。结果，我们改雇了高北店那只小船，按里数给冷水河的船算了工钱。太阳已经快下山了，我们才又开始向洵阳出发。我一边走着，一边挂念着那只受难的小船：纤绳断得不可收拾，船桅也折了，篙子也顺流而去了，还有许多零件也毁坏了不少；而那个太公又是非常忠厚的，我们给他的钱不多，他并不争执，他一定很悲哀，他将辞掉两个拉纤的人，他将在一夜中独自把船放回冷水。

天到完全昏黑时（大概已经八点以后了），转过一个山脚，遥遥看见对面山上有灯光点点，知道已到了洵阳，然而我们还不能即刻进城，我们还必须过河，河水甚广，满天星斗照在水上闪闪流动，显得河水特别渊深，涛声亦急，有波澜壮阔的印象。岸上只有一只篷船，不点灯，在黑影里待着。我们不能过渡，因为我们不能在暗中摸索，又不知道将向何处去住宿。等了很久，才见有火把从对岸走来，我们办前站的人来了，这才把我们接进城去，然而糟糕，我们没有适当的地方可住，因为第一队还留在这里不曾开拔，应当由我们住的房子还被他们占着。

三、小包袱事件

安排住处，筹备晚餐，又必须买木炭来烤湿漉漉的衣服。疲乏，饥饿，忙乱，焦躁，扫兴，一直到夜深还不得安息。“荒城啊，洵阳县比一个小山村还不如！”第一队的队员这样说。那么第一队为什么不能如期出发呢？他们就告诉了我们“小包袱事件”。

今天天气不好——他们说——而且大家都累了，都愿意在这儿休息一天。然而天色刚明，带队的张先生就喊开了：“起呀，起呀，赶到安康再大大地休息！”天实在很冷，队员们都恋着暖了一夜的被窝，不肯起。张先生就又解释道：“哼，难道你们还不知道吗？这地方太小啦，我们吃饭是困难的，我们不走，第二队来了吃什么呢？而且，咱们不走，他们来了也没有地方住啊！快起，起来吃了饭就出发！”队员们听了这些话无可如何，只得一一起来，然而这时候已经相当的晚了。

等吃过饭，打好行李之后，天也渐渐地晴了，黑云散了，露出晴天来。太阳从城隍庙的破墙缝里照过来（他们是住在山高头的城隍庙里的，如今我们来到，就不得不住在山下的商家了），看看太阳已经高了，张先生开始不安起来：他走到这边，又走到那边，他把他的包袱拿起来，又忽然把它放下。“娘X的，啥时候啦，送馍的还不来！”因为此去一路没有地方可买食粮，所以必须从这里带着一天的食粮。然而送馍的一直不见来。张先生非常焦急，只在不安中等待着，大家也只在不安中等待着，却没有谁注意到张先生那个小包袱的存在。不多时送馍的人来了，同时也就听到了张先生的怒骂：“娘X，娘X，这么晚，才来！”但问题总算解决了，于是大家集合起来，预备出发。

队伍已经开始移动了，却又忽然听到张先生在惊呼：

“我说呀！不能走啦，我的小包袱丢啦！”

大家都非常惊讶，因为全队的生命大概与那个小包袱有关。于是大家都放下行李，帮他去找，但既已被偷，哪里还能找得着呢？虽然说曾经看见一个形迹可疑的人匆匆地来了又走了，但谁知道那个人到哪里去了。张先生气得跺着脚，最后他发下命令：“不走了！”

等他的怒气渐渐平息了，队员就问道：

“张先生，我们的路费是不是在那个小包袱里边呢？”

他答道：

“钱倒没有，不过……”

“不过什么呢？”

“什么？”他摊开两只肥大的手掌答道，“里边有我的一只破鞋，一把小刀，还有一分钱的白线！”

队员们都笑起来了，原来只为了这些宝贝东西，耽误了一天的路程，天实在已经很晚，即使再走也走不到安康了，就只好住下。而张先生却还埋怨道：

“娘X，这里的县长还自吹自捧，说他这里夜不闭户、路不拾遗啦！你看，大白天的失盗，娘X！”

听了这样的故事，叫我想起苏联作家左琴科的小说《鸭舌帽》来了，那是写旧俄时代的一个故事：火车向前开行着，忽然停下来了，而且又向后开起倒车来，因为司机要去寻找他那被风吹跑了的鸭舌帽。

十二月十日，陕西洵阳

养鸡的县官

我们住在洵阳县商会的顶楼上。

因为决定了在洵阳休息一日，所以昨晚临入睡时便下了决心："要尽可能地多睡，晚起。"早晨虽然已经醒了，却还不肯即刻起来，何况楼上的光线是很暗的，仿佛天永远不会明起来一般，叫人感到更有懒怠下去的勇气，但同时也多少感觉到一点忧郁。这时忽然楼梯在咚咚地响着，起初以为是我们的队员来了，结果却是商会的工友，他站在楼梯上喊道：

"先生们，我们的苏县长来拜访你们了，在楼下等着呢。"

这消息使我们大吃一惊——天刚黎明就出来拜客，这自然显示了这位县长的勤励，而同时也就显得我们太懒了——觉得很不好意思。关于这一类的拜会，我们几个人都不大乐意应酬，因为除了向人家有所请求以外，简直无话可说——我们还不曾学习到那些不知从何说起的应酬话，常常在人脸前受窘露丑。结果这一次应酬的责任是落在了我的身上，我也就不再推辞，因为我早已醒了，而他们还要多睡一会儿。我一边匆匆地穿着衣服，一边想起昨天晚上第一队队员所说的故事：这洵阳县的县长喜欢早起散步，他又爱到街巷中去查问一些民家情形。有一次他忽然失踪了，他的侍从到各处寻找，却很久寻不到他，后来才发现他是独自到一个农人家里去，被留下吃了早饭，而且竟在那人家谈起话来忘记回衙了。"那么，他的侍从不是紧跟着他的吗？"当时就有人这样问。"不然，"讲故事的人回答，"他不喜欢他的护兵随在他的身边，他总是喜欢一个人独来独往；他的护兵有时也跟着他，却必须离他远远的，仿佛是不要他知道有人跟着似的。”听了这样的故事，我在心里暗暗地说：“这倒是一个很有意思的县官了。”

我自然不暇漱洗，就匆匆忙忙地走下楼来。走到下边，才看见外面的天空是阴得很浓的，一阵冷风吹到我暖气未散的身上，觉得带一些潮湿的意味。“也许就要下雨了。”我心里想。我急促地拉整着我的衣襟，向楼下一个套间走去，走到门口，我提起声音问道：“苏县长在里边吗？”“在，在，在，请进，请进，请进。”我立刻听到了这回答。这是一种奇怪的声音，仿佛是患着咳嗽症而沙哑了嗓子，又仿佛是在说话的时候喉咙里还衔了口水。我拿一张名片进去，受到了极恭敬的迎接。“这就是苏县长。”那个面黄肌瘦头戴瓜皮小帽的商会会长给我介绍。苏县长的片子也拿出来了，我从名片上知道他是河南人。这位苏县长给我的第一个印象是平易近人，这先叫我心里感到了一些宽畅。他的身个是高大的，有一张相当宽大的面孔，虽然在额头上已经横画了不少的年轮，然而他的嘴巴却是剃得光光的、他的头皮也是光光的，这叫人猜测到他大概有一种不愿意老下去的心理。他穿一件深蓝色的大棉袍，而棉袍下边却露出灰色的马裤，马裤下边却又是一双笨重的大棉鞋。这本来可以说是很不调和的打扮，然而拼凑在这位苏县长的身上，却并不显得不调和；而且立刻叫我想起这废墟一般的山城，这个荒僻的洵阳小县，也都像苏县长的衣服之于苏县长一样，都是相当和谐的了。

商会会长安坐在火炉旁边，嘴上吸着长长的烟袋，他不大说话，却常在应和着县长的话音；他对待县长是恭敬的，而且又是亲切的，像家人或老友一样。苏县长则躬了腰坐在床沿上，两只大棉鞋踏在火盆边上，而且把两只手不住地烘着。我是不吸烟也不烤火的，我只在等待应接县长的谈话。

“你们还未来到以前，我就接到上边的命令了。”他用那沙哑的嗓子亲切地说，“我早就准备欢迎你们，招待你们的，可惜这个地方太穷僻了，我们很抱歉，没有什么可以招待你们的。”

他一边说着，一边把眉头紧紧地皱起来，表现出内疚的样子，向我注视着。然而他仿佛并不等待我的回应，就一直说下去：

“说实话吧，我不但欢迎你们从这儿过路，而且希望把你们留在这儿，这就是说，我希望贵校的诸位先生和同学能在我们这洵阳县住下去。我们这里很需要诸位。这里的文化程度太低了，关于抗战，老百姓都不大明白。假设你们能留在这里呀，”他仰起脸来笑着，“我常说，我们洵阳小县也居然有一个国立中学了，光荣光荣！真的，如不是抗战，你们做梦也梦不到这穷山恶水的地方，自然，我们要请也是请不来的。”

“那还用说吗，哈……”商会会长把烟灰磕掉，微微地笑着说。

“而且，说实话吧，”县长又继续说，“我实在佩服诸位的精神，冒严寒，履冰雪，步行万里呀，唉，尤其是那些小学生，他们真勇敢呵！”他又把脸仰了起来，并且用手一挥，仿佛就有无数小学生排在他面前似的。

“不敢当。”我想这样说，我以为这是我仅有的可以说话的机会了，然而我不曾说出，却又被他抢过去了。

“是呵，少年英俊哪，哈哈，”他笑起来，“我真羡慕他们，我就是特别喜欢小孩。你知道，说实话吧，我到如今还没有小孩哩，假如我也有那样的一个小孩，我一定让他跟你们去了，我相信你们一定能把他教育成才，而且，我敢说，他将来一定可以为国家效劳的。”

他一口气说完这些话，停住了，他用两只大手掌玩弄着火盆上的火苗，好像有意要把那跳舞着的火苗捉住似的。屋里沉默着，天还是阴沉沉的，忽然从什么地方传来一声鸡啼。我很想找些话来应付，可惜没有什么可以说的。苏县长的话完全落在空虚里，他的假设—假设他有一个孩子——说明了他的希望，同时也说明了他的怅惘，这从他脸上空漠的表情可以看得出来。

“苏县长也是教育界出身呵。”这暂时的沉默由商会会长重又打开。

“哦，哦，哦。”我发着这样无意义的声音，点着头。

这一来，又把苏县长的话题引起来了，他本来要仰卧到床上的，此刻又突然坐了起来。

“唉，说起来话长，”他开始说，“二十年前我在开封附近做一个乡村小学教师，你知道，那时候我自然还很年轻。我的境遇使我选择了这种职业，然而我很不甘心就那样为止，我当然有很好的精神去尽我的责任，但我同时又有很大的心愿去试探另一种事业。你知道，一个小学教师须是一个万能人物，他必须教各种功课。是的，这各门不同的功课，他又必须去应付社会上一些无聊琐事；一天忙到晚，一年忙到底，而所得却只是一个仅可糊口。其初，正像一个新从学校里出来的人一样，也还热心而有趣味，但渐渐地也就无味了——说实话吧，那简直可以说是‘消磨生命’。我不记得那时候我从什么书里读到了‘消磨生命’四个字，于是我就益发地感到我不但在委屈过日子，而且是在浪掷生命了，我十二分地厌弃我的工作。自然，你们教中学的先生们是不同的。”他说着，同时望我一眼，意思是要求我的理解。“是的，我厌弃极了，而我又居然有机会离开它。可是现在，现在想起那几年的教书生活，就有一种很奇怪的感觉，总之，是并不怎样愉快的滋味。譬如说吧，当你们的学生来到敝县以后，我就听见了他们的救亡歌声，这使我很感动，这和当年唱过的那些歌曲是完全不同了——你知道，说实话吧，我是连唱歌也教过的，我现在的嗓子是坏了，这是后来的事情。”他满脸带着一种不甚自然的微笑，并用手去指他的喉咙。“可是我听到他们的歌声我就想起我的过去，尤其当他们之中有人吹起口琴的时候——你知道，那时候口琴还是很少见的，那时候我们已经有一架风琴，我就用那架风琴教过唱歌。我在这里听到了口琴的声音，立刻就想起风琴的声音——那唔唔啦啦的声音，我心里就感到一点儿激动，也可以说是一点儿不大舒服，总之很难说。这个县城里只有一个小学校，这个小学校就在城里的城隍庙里，破屋烂墙，也无力修葺；从他们那里就连一句歌声也听不到，他们很久没有人教唱歌了，当然更没有风琴。我几乎想去给他们教唱歌，然而我已经不能唱了，我的声音坏了，可是我却常常到那个小学校去。我仿佛在那里看见我过去的生活，我愿意改善他们的一切；然而不成，没有钱，他们都很苦。但是话又说远了，我回头来再说我的改业吧。我有机会被介绍到军队里去做事，这就是我的投笔从戎了。抗战以来，投笔从戎算是最平常的事了，而且是很光荣的事情，但在我那时候就不行，社会上对于一个教员的从军是很反对的，何况我还有老母在堂，她自然更不高兴。可是我终于投军了。我把我一生的希望都放在军队中，我经历了战争——你是知道的，那当然是自己人打自己人，我幸而不曾受过大伤——在一次大风雪的战争以后害了一场大病，于是我的嗓子就哑了，一直到现在，像这样子。”他仿佛把他的嗓子故意变得更哑了一些。

火盆上的水壶已经沸了，发出沙沙啦啦的叫声，在持续着苏县长那哑喉咙的余音。商会会长静悄悄地放下烟袋，取起粗瓷茶杯来盛了三杯白水，依次排列到桌面上。

县长呷一口水，又继续说下去：

“噢，你猜怎样？我干到团长，我就不愿意再干下去了，多少次战争的结果：我的朋友大都死去了，而且都死得很惨；我的许多很好的士兵也都不见了，死的死、逃的逃了；我的家，也因为内战完全毁了，我的母亲万幸从炮火内逃生。我够了，我的希望已经满足了，也可以说完全失望了，我觉得做官也没有意思。我当时自然不敢说是因为反对内战而辞职，我只说我家有老母，无人侍奉；可是到了现在，因为是抗战了，我就可以大胆地说，我那时确是为反对内战的。我回到了老家，重建了家宅，并娶了一个乡下女人，就侍奉着母亲过起乡下日子来了。”

这时候忽然听到楼梯在咚咚地响着，我知道同伴们都起来了，我还有许多事情要去同他们商量或帮助他们办理，但是我不能走开，我知道苏县长的话尚未说完，我还须听下去，而且我觉得我还有听下去的兴趣。

“说实话吧，”苏县长又用这一句惯用语说下去，“一个人是不能天天闲散的，我就最不耐清闲日子，于是我就开始经营一件卑贱的事业——哈哈，说来好笑——我开始做起养鸡的生意来了。你知道，在乡下做这种事是很方便的：我有几亩薄田，我又辟了一个菜园，凿了一眼井，我就在菜园里筑了鸡场。我其初只有百十余只鸡，你想，说实话吧，这正是一个小学校中的学生数目。咱们看见小学生们放学了，一群孩子叽叽喳喳地拥出来，‘噢，放了鸡窝子了！’咱们不是常这样说吗？而我的鸡群，就像我的一群小学生一样啊，好热闹。可是后来愈生愈多，后来到了一千多只——你知道，那简直像一团人一样，而且，我原来是团长啊，哈哈……”

他说到这里，不自觉地笑起来，我们自然也都笑了。我笑得很厉害。我几乎担心我的笑有点失态，而同时我也注意到那个商会会长的笑，乃只是浅浅的，淡淡的。

“哈哈，我那一团人，不，应该说是一团鸡啊，”县长喝了两口开水又说下去，“它们，也常常闹内战呢，尤其是那些大公鸡，好热闹，好热闹。自然，我一个人是照顾不了的，我就雇了两个工人专管养鸡。你想想吧，光拾鸡蛋就够一个人忙的了。母鸡吃得肥肥的，下得好大的鸡蛋啊”。他一边说着一边用两手捧起了茶杯，意思是要用那白色的粗瓷茶杯比仿他的大鸡蛋，可惜那茶杯未免太大了，使他不能说出口来。“我们自然要卖，但我们自己也吃了，我的母亲高兴极了，她常说：‘这比你远走高飞地出去做什么军官倒好百倍呀，好儿子！’诚然，我回到乡下就为了侍奉她老人家，她快乐了，我也就快乐了。但是只有一件事使她老人家不欢，那就是我的屋里还缺少一个小孩，一直到现在也还是没有小孩，”他把两手一摊，显出遗憾的神气，“可是，天命难违，我那年老的母亲就因病去世了！”

他的沙沙的余音还在房间里继续着，益显得空气的沉寂。我和商会会长，为了对苏县长表示同情，也轻轻地喟叹了一声，故意矜持着，不再发出一点声息。商会会长的烟袋是已经吸透了的，火已经灭了，然而他只是衔着它，不好意思把他的烟灰磕去。天已渐渐亮起来了，太阳偶尔露了一下脸，却又藏了起来。什么地方传来了锯木头的声音“苏——苏——苏——苏”，这声音响得好不寂寞。

“我继续在家养了一年鸡，”县长继续着，“后来我又入了军队。——怎样？你以为奇怪吧？是的，我真想不到我会再回到军队中去的。说实话吧，那完全是为了朋友的关系——你知道，我这个人是最重朋友的——我的朋友约我到军队中去帮忙，而且说：‘来吧，国家渐渐好起来，不会有什么内战了。’于是我就答应了他的邀请。我随着军部在陕西各地驻防，意外的机会又迫使我到这里来做了县长。不久，抗战爆发了，我们真是已经没有内战了……（被略五十余字）现在，我们在团结抗日，这很好，这使我再没有什么理由离开我的责任。我愿为抗战建国尽些力量，可惜我的力量太薄弱了。你看，你看我的履历，我是什么本领也没有的，我只知道凭真心做事。几年以来真没有什么成绩，不过地方稍稍平静一点了，虽然不敢说夜不闭户，但盗匪是几乎绝踪了。说实话吧，我哪里会做什么官呢？我简直是一个庄稼人，我愿意同老百姓们接近，他们也都不怕我；我的衙门是常常为老百姓们开着大门的，我的家里也是一样。说实话吧，我的生活也很简单，我的女人还在家里养着十几只老母鸡，说起来好笑，这真不像做官的样子啊。”

说到这里，他又哈哈地笑起来，我们也随着笑起来了。在这里，我说了我应说的客气话，而且站起来活动了一下，县长急忙说：“来，来，来，烤火，烤火。”他大概看出我的冷意来了，工友进来换了新水，并说：“落雨点了。”

苏县长似乎失落了他的话题，以后只是随便地谈着，并说：“我的事情他们都知道，他们本地人都清楚。”他说时眼睛望着商会会长。

苏县长又谈到了本地人民的生活情形，他说："唉，他们太苦了，这你是看见的，他们都衣服褴褛、面黄肌瘦；你看他们的房子，茅草房，茅草房，到处都是断墙颓垣。然而他们又太懒，他们多少年代以来都是这样，你可以看得见的，有那么多山地不曾开垦出来，荒着：满山荒草，满山荒草；而且，他们也不知道种树。所谓造林，有多少山头是可以种树的呀。我常常想象，假若各处都有茂密的树林啊——啊，那是多好，那是多好！这些，这都是我要渐渐推行的：要开地，要造林；要叫老百姓多喂牛羊，叫他们牧畜，而且，叫他们多养鸡。总之，要叫老百姓们勤励起来，改造他们的生活。还有工业，那更谈不到了。你看你们穿的草鞋，他们自己也穿，说实话吧，然而他们自己并不会打——连草鞋也是从安康贩来的，这太好笑了！"

他特意看看我的脚，以为我还穿着草鞋，不料我的草鞋并未穿起，我今天穿了布鞋，他仿佛显得有点失望的样子。稍停片刻，又继续说下去：

"总之，民智不开呀，他们什么都不了解，更不用说是抗战了。说起来也难怪，你从白河过来的，你可知道'带子会'的情形吗？"他仰起脸来问我。

"是的，听说过的。"我简单地回答。

"那完全是因为民智不开，因为他们生活太苦，所以，说实话吧，那真是不好办；不过那是白河县的事情，与洵阳无关，洵阳县没有'带子会'，除却和白河打界的地方间或也有几个。"

说起"带子会"，我很希望从他口里多明了一些真相，这种希望使我急不择言，冒昧地问道：

"那么，贵县也有抗丁抗粮的事情发生吗？"

"哦，那倒没有，"他有点惊讶地回答，连那个商会会长也惊讶了，张了一张嘴，却依然把话让给县长说下去，"抗丁嘛，间或也发现，因为老百姓根本不懂得出丁打敌人于他们自身有什么关系。至于抗粮的事情是没有的，因为这里的人民有一种迷信，以‘漏户’[①]为不祥；没有田地的人，也设法自己情愿承担一份钱粮。总之，这地方民智不开呀，所以，万一你们能留在这里呀，那就是洵阳万民之福了。”

“送馍来了！”这粗大的呼声，使我们都怔了一下。

“就放在下边吧。”我们的义务医生从楼上发出这样的吩咐。这是给我们的队员们送来的早餐，应当是我去招呼他们吃早饭的时候了。

“好，那么以后有工夫再谈吧，你很忙。”县长很客气地站起来说，“我早晨起来已经去慰问过你们的同学，他们有的已经起来到河上去漱洗——唉，他们用凉水漱洗，天这么冷；他们也还有没起的，因为他们都累了，他们年纪轻轻的，却受那么大的辛苦，跑那么远的路。我曾经告诉他们，每到一个地方住下，应当用热火烫脚，这样就可以解乏，也不至于走坏了脚，这是我当年行军的经验——这很要紧，还希望你再告诉他们一声。还有，也很要紧：从此再向西行，因为汉江的水在山间不能畅行，激刷得很厉害，所以水性太硬，人喝了容易患腹胀症；应当叫他们每人备一个小竹筒放在身上，竹筒里装满猪油，每逢喝水便放一点猪油在水里，就没有危险了——还可以多吃酸菜，是的，酸菜也可以治腹胀。”

他的话戛然而止，因为我已经站起来要告别了，县长同会长也站了起来。我知道县长的话不会说完的，虽然我也颇有听下去的兴致，但是我必须告辞了——屋里是没有钟表的，我想大概已有九点了吧，百十个队员大概都已挨饿，而且馍已经送了来。我告别了县长，县长也告别了会长，结果是我和会长一同送走了县长。外面细雨星星地下着，寒气侵入。有十几筐冒着热气的馍在门口放着，发

① 漏户，即穷得连一点土地也没有的人民，他们本不该纳土地税，但为了一种迷信，他们却情愿纳空税。

散着淡淡的甜味。我们的队长和医生，还有几个队员，已经在那里称着斤两并记着账。“就召集他们来领馍吧。”我刚想这么说，而客人又来了，这次来的是洵阳县的大队副。他全副武装，显得十分威风。他有厚大的手掌，有一脸大麻子——这更增加了他的气派，也就更使人感到一些可厌。他同我们谈了一会儿，他在夸奖我们，并慰问我们，他又要我陪他去慰问队员们，于是陪他到各处走了一遍。“你们辛苦哇，你们冷哇，你们真勇敢哇。”他每到一处总是对学生们这么说，他赢得了许多“立正”与“敬礼”。回到商会之后，我以为他可以告辞了，他却说要向同学们讲讲话，盛意难却，于是召集了全体队员。雨越下越密了，我们全体立在雨中，听这位大队副训话：

“……主义……思想……正确……抗战必胜……建国必成……前方流血，后方流汗……青年……国家之栋梁……”

他的话很多，简直没有完，但常常重复；而且那些话（我实在不该这么说），都是那些孩子们听过无数次的，从他们自己的嘴里也讲过多少遍，从他们的笔下也写过多少遍了。我不敢说他们厌倦，因为他们都在雨中笔直地站着，衣服是单薄的，肚子里是空空的；然而都矜持着，像新植在地上的小树苗一般在细雨中滋润着。

我们的早饭吃得很仓促，饥饿与寒冷使大家增加了吃饭的速度。

下午我们上山，也就是进城，因为城在山上。跑遍全城，才得又定购了一千八百个馍。这里有卖麻鞋的，我买了一双，预备明天开拔时拴在布鞋外边试试。又买了针线，回到商会的楼上缝补破了的裤子。

到了晚间，我渐渐地不能支持了，头痛发烧，因为早晨起床后并未披起大衣，又在冷雨中恭聆那位大队副的训话，自己缝裤子时又曾脱掉衣服，我是感冒着了。

十二月十一日

忧愁妇人

十二日早晨，天空阴得灰沉沉的，仿佛又有要下雨的意思。今天的目的地是高鼻梁，共六十五里。听说在这六十五里以内没有可以买饭的地方，所以今天我们每人都带了一日之粮，到路上只找两个饮水的地方就行了。脱去布鞋，我把昨天买来的新麻鞋穿起来。走在湿濡濡的山道上，觉得轻松而愉快，尤其看到鞋尖上那两簇绿缨儿，随了我的脚步，在颤巍巍地摆动，更觉得好玩，而且真有些飘飘然的意味了。但走不多远，这种飘然之致便没有了，而且越走越不对劲，脚底下觉得发烧，微微地痛了起来；无可如何，只得弃麻鞋而着布鞋，而布鞋之外仍挂草鞋。就在那脱鞋换鞋之际，我已被大队落得远远的了。

走三十里路，到吕河口。这儿是我们饮水的地方，我们就停歇在水边的沙滩上。

吕河口是一个小小的村庄，紧靠江边，而又高踞在一个山头上。我们虽没有时间到村子里去看看，但它所给我们的印象却是清楚的：从那些倾圮颓废的房屋，以及那些给我们送水来的人们的衣服及颜色上，这地方所显示给我们的，也正如其他许多山村一样，是荒凉与穷困。大概也是因为抗战的缘故吧，这条“面善心恶”的江水也渐渐被利用起来，时常有船舶来往，于是这里的人民也就想利用这种机会，做些小小生意。现在，这江滩上已经搭了几座草棚，而且有的已经在安置着锅灶了。我们就在这儿间草棚旁边饮水。

水喝完了，大队预备开拔，我急忙找我们的办站人给这儿的地保去送水钱。这事情为一个送水的女人所注意，当其他送水的人都陆续走开时，她却还迟迟其行，她终于悠悠地走到我的近前，低声问道：

“先生，你们喝水是给钱的吗？”

“当然给的。”我回答，“我给你们保长，再请保长分给你们烧水的人家。”

“啊！”她轻轻地喟叹一声，稍稍沉默之后，又向四周巡视了一下，说道，“原来这样呵！先生们给了多少钱，我们可是不得而知的；像我这个，家里没人没手的，凡事都……”

她的话咽住了。

话虽然是这样简单，但我已猜透了这个女人的心事了。她身量高高的，脸上显得很清瘦，有三十四五岁的样子吧；额上虽然没有皱纹，但为一种深沉的忧郁所笼罩，叫人立刻感到那是一个善良而又悲伤的灵魂。她穿着褴褛的衣裳，却又相当整洁；头上也照他们这一带人的习惯，像缠回那样，缠了一块黑布，那也增加了她脸上忧郁的表情。对于这样的女人，我仿佛在什么地方见过，是在一篇伤感的故事里吗，还是在一个熟悉的梦境里呢？不，我想起来了——那是在一座古老的城中，在一条荒寂的长街上，当秋风扫落叶的时候，我看见这样一个女人，并听到别人告诉说：“她是一个古式的女人，她过着孤独的日子，受着种种的屈辱……”这简单的告诉，颇给我的想象以摸索的世界，当时的情境使我永不能忘。其实当前这个女人与那个古式女人有什么关系呢？没有什么关系。然而我在这穷山荒水之间，听了这个女人的低诉，我却不能自已地想起在风沙中飘摇着的那座古城，想起古城中那个女人来了。“像我这个，家里没人没手的……”是呵，善良的女人，我仿佛早已认得你了，你大概住在岭上那座破屋里，就是我此刻看见的那一座：你一个人，没有了丈夫，也没有儿女，你为生活所迫，又为屈辱所苦。你应当得到我们的报答的，然而你得不到……

“唉，我明白。”我说，“我们没有别的办法，那么我再另外给你一份吧。”

我说着，把另一部分水钱递给她。然而这结果却更出人意料，她向后退了一步，把手一缩，并蔼然的一笑，说道：

“不，我不要你们的钱，你们是已经给过的了。你们出门在外的也很不容易，我不在乎这毛二八息的钱，我是说……”

她是说什么呢？她欲言又止，仿佛还有许多话要说出来，却又觉得不能再说，于是预备躬下腰去提她的水桶了。我们的大队已经开始行进，江滩上渐渐闪出了一片白光，剩下许多零乱的足迹，送水的也都走去了——听到泼水的声音，木桶碰击的声音，以及女人、孩子的呼唤声——我不能不走开，我到底不曾把另一部分钱递给那个女人。我一直追随着大队，并不回顾，然而我的手心里却还一直捏着那一份水钱。我心里觉得很沉重。继续向前走，绿树渐多了，而且有些地方生着苍翠的竹林，人家也比较密些了，然而这些并未能引起我的兴致，我在描画着那个忧愁女人的影子，而且想着：一个女人，她会把自己的委屈向一个路人诉说吗？为什么就会这样呢？她到底有多么深的痛苦呢？

“人总是这样到处牵挂的！”我一直这样想着、走着，想了很久。

十二月十二日

来呀，大家一齐拉！

“嗨——呀嗨，嗨——呀嗨……”

我们离开吕河口不远，就听到从背后传来这样的呼声。这里江水越行越窄，而两岸山势也逐渐变得陡峭，青黑色的岩壁上挂下无数的细流飞瀑，淅淅沥沥地流注江中，益显得这一带有一种峭苍幽邃之致；而那种呼声，也被这情势弄得似远似近，似一人长啸，又似万籁齐鸣——那是一种既壮烈而又悲凉的声音。

我们很自然地把脚步放慢了些，而且不时地向后回顾着，那呼声越来越清楚了，我们也就看清了那声音的来源：我们看见了万头攒动，看见了许多粗壮的身子，忽起忽伏，用力地拉着绳子前进。渐渐地，渐渐地，两只庞大的船身也从山崖转折处显示出来了。

看见这两只大船，我们都变得严肃起来。这里的水路太难行了，山高路狭，而且又是逆水，多曲折，多石滩，然而那船上的负载却又是太重了。“装的什么货物呢？”仿佛并没有人这样问，但各人心里却都相信：“飞机零件、大炸弹、各种军火、武器……运到安康、汉中……保卫我们的领土、领空，袭击敌人……”

船愈来愈近了，来到我们面前，我们把路让开来，肃然起敬地看着那大船向前移动，看着那些辛苦的弟兄们用着最后的力量，在挽进那只大船。真的，这是我们的大船啊，因为那是为了保卫我们的国家而在艰难地运输着，是为了打退我们的敌人而在艰难地运输着。我们的民族，也正如这大船一样，正在负载着几乎不可胜任的重荷，在山谷间、在逆流中、在极端困苦中向前行进着；而这只大船，是需要我们自己的弟兄们，尤其是我们的劳苦弟兄们，来共同挽进。现在，船向前移动了，然而动得多么迟缓，而我们的弟兄们正在声嘶力竭地呼喊着，流着汗，流着淋漓的汗，汗水把他们湿透了，汗水落在沙上，又被他们的赤脚踏过了，然而船总在前进着：一寸、二寸，一寸、二寸……

“来呀，我们大家一齐拉……”

一个人这样喊，无数的人都这样喊，大家用着一个声音，喘着同样的呼吸，迈着同样的步伐，向前进。船也在前进着：一寸、二寸，一寸、二寸……

“哗——”似一阵暴雨，他们一齐伏下了，两只粗大的手掌紧抵着沙地，躬着腰，头触到沙地。然而船总在前进着：一寸、二寸，一寸、二寸……

“啪——”简直好像一个霹雳，他们又一齐起立了，陡然地站起来，他们用一个声音拍击着自己的手掌，紧紧地拉绳，用力地拔着脚跟。然而船总在前进着：一寸、二寸，一寸、二寸……

又是伏下，又是立起，暴雨与霹雳的间奏。“来呀，我们大家一齐拉！”喊声随了起伏抑扬着——我们历来还没见过这样地使用着人力，这样壮烈，而又这样残酷——我们的眼里已不自觉地含了泪水，我们的心弦都拉得很紧很紧，我们被这民族的起舞与高歌所感动，简直为之迷惑了。不知从什么时候起，更不知是用怎样的方式开始了的，我们的手也都紧紧握住了纤绳，也随了那歌舞的节奏而起立，而低伏。“来呀，我们大家一齐拉！”我们也在和他们一齐唱着，我们在共挽着我们的大船，而大船也总在前进着：一寸、二寸，一寸、二寸……

我们已忘记了我们的力量之薄弱，也不记得我们还另有其他目的，我们只是共同拉着——我们的肩并着肩，踵接着踵，有时互相搀挽，有时互相扶持——我们拧成一个力量向前迈进。“来呀，我们大家一齐拉！”我们大家一齐喊。转过一个山脚，忽地豁然开朗：山势渐渐平坦了，水流也渐渐宽阔了，船在顺利地前进着，拉船的弟兄们已不再那么吃力了。我们把纤绳松开来，仍旧整饬了我们的队伍，惊喜于自己的手掌与肩背之发烧、酸痛，以及满身的泥土；我们以微笑接受他们的微笑，却并未交换一句言语。

“来呀，我们大家一齐拉！”

这歌声，又在我们的队伍中飘起，我们没有疲劳，没有扫兴，却有更多的快慰。我们还希望能为我们的大船多尽一些气力。

十二月十二日

江边夜话

山渐渐低，水渐渐阔，眼界逐渐扩大，心情也就更觉得舒畅些了。下午三点钟，我们就到达了高鼻梁。高鼻梁——为什么叫高鼻梁呢？是因为本地人生的鼻梁特别高吗？还是这里有一个山头像人的鼻梁骨呢？打听本地人，才知道原名是高北阳，讹为高鼻梁了，这叫我想起北京城那条讹为狗尾巴的高义伯。早早地到达，是行路人的无上愉快，不但觉得诸事从容，而且觉得应当做出些特别有趣的事情来才对。但是要做些什么呢？也不知道。无非是等我们的小船，船来了，就搬行李，然后又是到江边上去打水盥漱，脱鞋濯足。而山地里的太阳是落得很快的，等到给队员们分配妥当了晚餐之后，已经是暮色苍茫，江风也变得凛冽了。

“每小队一斤生萝卜，一两盐，每人还分两个馍。”队员们各处这样传语着，带着很高兴的神气。他们都分住在人家屋里，借了人家的炉灶自己炊食。我们几个则在江边一个吴姓家里安顿了下来。

这地方人家并不多，零零星星地散点在山坡和江边上。各家都是低低的茅屋，没有所谓庭院，更没有大门，但这里也居然有几家卖面食和酒肉之类的了——这些，大概是最近才开始的吧。远远山上有一座庙宇，顶子是瓦的，墙是红的，显得特别惹眼——贫苦的老百姓们，都是建筑了很精美的房子让神们住着，而自己是绳枢瓮牖，这无论走到什么地方总是一样的。更远处，在江水两岸的高高山头，有几座碉堡雄踞着，也给这地方平添了一种特殊神色。

店主人指点着，向我们告诉，让我们想象，这里的青山绿水也曾经染过人们的鲜血。

我们所住的这个吴家，也只有一大间草房，而这一大间之内却又分成了三个小间。进门一间，似乎是专为了居留客人并招待买卖用的——门口挂着肉，门后放着几案，有酒，有烟，以及其他零星物品，还有两张木床——这就是我们所要睡的地方。其他两间：一是灶间，该是吴老头和他的女人住的；另一小间在最深的一层，大概这是吴老头的儿子和儿媳妇的卧房了。我们住在这里，仿佛会给人家以不方便似的，颇觉得有些不安，但看了他们那种诚实而亲切的态度，我们倒觉得自己的多心是多余的了。

“老先生今年多大年纪呀？”大队长问。

“啊，你说我吗？”吴老头仿佛很惊异地望望我们，笑着回答，“哈哈，六十挂零啦。”

“好哇，你老人家很壮实啊！”

“嘿，穷人不壮实还行吗？”

他在给我们张罗着点灯，在灯影里，看他那含在满脸皱纹和短短胡髭中的微笑，给我们一种深湛的和平之感。

他的女人，一个稍稍驼背的老妇人，给我一个模糊的印象：她似乎穿着极宽博的古装，头上蒙着印花的头巾，偶尔从灶间里出来，却很少说话。我们不曾看见他的儿媳妇是什么样子，却只听见：她在内间里操作的声音，舀水的声音，吹火的声音，捣面的声音，偶尔和老妇人私语的声音……这情形使我们感到一点肃然。

我们客气地同吴老头谈着。

“我们原是住在山后的，”老头在菜油灯上燃着了烟斗，一边吸着，一边说，“从去年——啊，是前年啦，听说外面又打起仗来，这里过路的客人多起来了，有点生意，便搬到这里来住了。”

从他自己的叙述里，我们知道他原是船户出身，他的祖上是玩船的，他年轻的时候因为做船上的生意赔了本钱——据他自己说是“上了人家的当，受了骗了”——于是把船也卖掉，只耕种着几“天”

田度日。现在他做着豆腐、馒头，以及猪肉等等的生意，他说这是他的儿子经营的，他儿子有事到别的村上去了。

“咳，什么都不容易，糊弄着吃口饭罢了！”他在自己吐出的烟雾中笑着。

这真是一个可爱的老人，我们行路人对于这样可爱的老人是愿意把一切都予以信托的。我们将要吃些什么呢？这是我们当前的问题。“随便给我们弄点吧，老先生。”吴老头听了我们的话，又到内间去吩咐了一番，回来时两手向两边一分，带着抱愧的神色说道：“唉，对不起，我们没有盐，没有盐——我们已经很久没有盐了！”

对于这没有盐的说明，我们并不觉得稀奇，我们在沿途曾屡次经验过盐的恐慌。这些地方，因为交通不便，时常无盐可卖，而大多数的贫寒人家则几乎永远吃着淡食。我们在一个有盐可买的地方，买了很多盐带着预备分给队员，我们现在就要分给这个老人一些，但我们却愿意把我们更宝贵的东西赠他，也是盐，然而这是从河南买来的海盐——我们一直藏在手提箱内，偶尔用过，但大部分都还留着——我们拿一个沉甸甸的纸包递给老人。

“给你这个，老先生。”我们说。

“什么？”他惊异了。

“海盐啊，我们给你老人家。”

“海盐？唵，海盐是香的，我们这地方是吃不到海盐的，我们这荒山里！”

他并不曾说一声“谢谢”，却只是连连地点着头，笑着，走到内间去了。我们听到他同女人们切切地笑语着，等他从内间走出来时，却又大声地笑着说：

“海盐哪，生在东海里，带到这里十万八千里，你们女人家哪里知道这个呢！”

不多时，就有刺鼻子的香气传了过来，大盘的炒白肉和烙油饼接着就端来了，我们像一群小孩子似的，贪馋地领受这一次盛馔——真的，自从在白河那个奇怪人家吃过一次炙油饼以后，我们又是许多日子不知肉味了。而且，吴老头又给我们提了酒来——这是出乎我们的期待的——红陶泥瓶，白粗瓷杯。酒呢，是玉蜀黍酒。“棒子酒啊，请你们尝尝，我想你们是不曾喝过这种酒的。”老人笑着说。并且他告诉我们，他们可以酿种种酒，譬如：小米酒、糯米酒，还有地瓜酒。现在只有棒子酒。我们是不能吃酒的，我们的大队长虽然可以贪几杯，但他所喜欢的是高粱老烧，而不是这种淡淡的、甜甜的、酸酸的棒子酒。但在我们，这却是再好不过了，而且凭了老人这点意思，或者说，这点风趣，叫我们也不得不吃他几杯。我们拉他同饮，他却执拗地拒绝了。酒饭之后，我们还想喝些解渴的东西。“喝呀，喝什么呢？茶吗？不，请你们喝豆汁吧，现在就在推磨子，一开锅就行了。”老头指着内间里这样说，同时，我们也听到了噜噜的声音，知道是在磨豆腐了。在豆腐磨子的噜噜声中，我们之间有片刻的寂静，我们似乎又听到了江水的声音，然而那仿佛是在很远的地方冲击着。有风从茅屋上边走过，发出唰唰的叹息，隔壁人家有絮语声……夜已经深了。奇怪，我们又听到了铃声，丁零丁零，我们都猛然一怔，不敢相信自己的耳朵。

“跑信的过去了。”老人低声说。

“邮差为什么带着铃铛呢？”我们不明白。

“怕有虎啊、狼啊、鬼祟啦什么的。”老头答，“这些东西都是怕响器的，跑信的人一到夜晚便把一个铃铛挂在身上了，走起丁零丁零的。”

丁零，丁零……这清脆的铃声，越走越远了，渐渐听不见了，于是我们谈到这一带的野物鬼怪。

“鬼嘛倒没有见过，反正有；野物可是时常出来，这就得碰运气了。”

他说沿江一带因为常有船舶来往，行人也多，所以野物并不大出现。若到后山里去，那些地方都是深山老峪，林莽丛生，最是野物盘踞的所在；因此这一带人民也有以打猎为业的，譬如打到一只虎可卖一百余元，打到一只豹也可卖好几十元，一只獐子也差不多，若是一只狼也就只卖几串钱。可是獐子颇不易得，须碰运气：运气好的，打到的獐子是圆脐子的；运气坏的，獐子的脐子就是长的了。长的没有什么用，圆的就制麝香，贵得很。

“那么怎么打法呢？”

“打法嘛，就是用枪，可是打狼是不能用枪的，狼能避枪呢。”

我们简直为这些故事所迷惑了。我们驰骋我们的想象，沉默着：想着那些深山老峪，想着在深夜中发着金光的炬眼，想着那个在身上挂着铃铛的绿衣人。老人也沉默了一会，又说：“打狼是不用枪的，”他搕落了烟灰，“用毒药，把毒药放在羊油里，狼是喜欢吃羊油的。”

“老虎有多么大呀？”我们之中有人这么问。

“吓！大得很，像一头驴，像一头驴。”老人用烟袋比画着。

“那么住在山里是很危险的了。”

“也不怎么怕。”老人说，“人不惹它它也是不惹人的，咱们要知道给野物让路才行。你想，你一定要去碰它，它还能罢休了吗？野物也是有人性的。”

从野物，我们又谈到了所谓“歹人”，老人躬着腰走到我们面前，几乎把胡须搔着我们的耳朵，低声说道：

“唉！说不了，这一带穷人太多，河路码头是出坏人的地方——反正你们出门人总得处处小心，钱啦什么的——这年头连邻舍隔壁家也保不了红瓤黑子了！”他还用烟袋指指他的邻居。

谈话之间听到内间里叫了一声，老人便进去了，出来的时候便端了豆汁来——这真是最新鲜、最纯粹的豆汁了——我们每人都喝了几碗，淡淡的，甜甜的，非常可口。忽然有人说：“这比沙滩或马神庙的豆浆好多了，可惜这里没有面包。”于是想起在大学时候每天早晨去吃早点的情形，心里还有点儿黯然。我们一边喝着豆汁，一边同老人谈着。我们问到了去安康的道里，老人说：

“哦！是么，你们明儿就住安康，就是兴安府啊——从脚下到府里七十五里。大清年间是每十里一个探子，就和现在跑信的一样，这道里，也是前清时候丈量的。”

他从此谈起了前清，我们就问他：

“前清好呢还是现在好哇？”

这一问却把老人窘住了，他用手拢了一下胡子，显出了为难的颜色——无疑的，他是把他自己看作了那一个时代的人——他的感情也许和已经死去了的那个朝代更接近些，而摆在他面前的我们呢，在他心目中，当然是属于这个“新朝”的人物了。他该有些意见，然而他不知如何表达，他大概正把如何不至见笑，并不见怪的问题在他诚朴的心灵上衡量着。他沉默了片刻，吸了一口将要熄灭的烟袋，终于摇着头说道：

“唉，说不了，说不了！反正净打仗，老百姓什么时候都沾不着光，穷人还是穷人！……”

显然的，他的话尚未说完，他又沉默了，他在悄悄地窥视着我们的颜面。自然，我们并没有什么表示，我们先存了一个不愿拂逆他老人家的心愿。他仿佛大胆了些似的又稍稍扬起了声音继续道：

“不过，前清时候做买卖容易赚钱，日子还好过些，自从反了以后……”

他的话又咽住了，据我们猜想，他的所谓“反了”者，大概就是指着辛亥革命而言了。

老年人是有他自己的思路的，大概就因为谈到了改朝换代的事情，他忽然很郑重地问道：

“可是，日本人不是来打咱们中原吗？日本人可知道安民？”他听了我们的回答之后就截然地断言道：“不行，不行，不知道安民就永久得不到天下的——不论哪一家，不要人民是不能成事的！”他显得有点愤慨了。

当我们把敌人的种种暴行告诉他时，他就连连地摇着头，不说话，只是叹息。但当我们把胜利的故事以及种种希望描写给他听时，他也居然眉飞色舞起来了。

我们吃完了豆汁，灯里的油也已是将尽了，屋子里显得阴暗了起来。忽然听到外面有橐橐的脚步声，老人很机灵地站了起来，自言自语道："小回来了。"一边说着走去开门。门开处却闪进一个魁梧的影子来，这当然是他的儿子了。这个"小"，可真不小——我心里这样想着，觉得好笑。那人戆戆地闯进来，和我们打了简单的招呼，就到内间去了。"娘，你吃吧，这是新的。"我们听到他的粗嗓子这样说，也不知是给他母亲买来什么好吃的东西。老人也随着进去了，谈了一阵话——大概是关于他儿子出外办事情的情形吧，仿佛听到讲什么价钱，当然是属于买卖一方面的事。老人出来的时候嘴里还在嚼动着，并说："天已不早了，先生们安息吧。"于是重新把门关紧，退入内间去了。

大概刚过半夜，老人一家就已经起来操作，给我们预备着水，预备着饭，当然还准备他们一天的买卖；但他们并不惊扰我们，他们都轻手轻脚地活动着，也不说什么话。真正把我们惊醒了起来，而且使我们再也不能入睡的，却是栖在床底下的大公鸡；它们在我们的床下不知唱了多少遍，天才渐渐透出亮来。

"鸡叫得真早哇，真是……"我们之中有人这样说。

"啊，春三秋四冬八遍呢，冬天叫八遍才能天明。先生们听不惯鸡叫……"老人带着歉意地回答。

早晨七点半钟，我们就向安康出发了。

十二月十二日

西行草

民国二十七年（1938）十二月十三日，天气是晴朗的。一路上的山势也渐渐地平易了，这预告给我们，不久就可以到达安康附近的平原了。北岸山上间或还有峭壁，南岸山路则几乎如履平地，而且田地多已垦殖。这一带的汉水作深蓝色，与岸上的良田美竹辉映，令人感到亲切。行近安康附近一个村庄，看见人家门前悬了许多狼皮，又叫我们想起高鼻梁吴姓老人的夜话。下午三点到安康，共七十五里，等到把行李运进城里之后，天色已完全黑暗了。队员们分住在各商家，我们则住了客栈。客栈，虽然这是极不像样的客栈，然而对于我们，那却是太过华美、太过安适的了。较之有床有几的客栈，那种硬地上铺杂草的安息法却对于我们更合适些，我们已是这样习惯于荒山僻野，习惯于灰土草芥，我们已经很清楚地觉得有一种极不协调的东西横在我们与城市生活之间了。而且，我们甚至这样想：为什么这里会有这么一座大城呢？我们仿佛是到了神话世界一般，那些高大的建筑，那些喧闹的声音，那些灯火、人影……还有我们那些“芳”邻、那些“神女”们，听她们屡次谈到西安，谈到西安的被轰炸，谈到西安的生意萧条，我们知道她们是从西安疏散来的。“白天叫你睡觉你偏不睡，晚上有客的时候你又提不起神！”这自然是老鸨的声音。唉，这些东西距离我们是多么遥远呵！调笑声，斥责声，弦歌声，麻将声……各种声音像狂涛一般从四面八方向我们的小房间围攻着，“我们这只小船怕要倾覆了！”我这样想着，无论如何也不能入睡。

十四日，天还是晴的。我们出去洗过澡，又理过发，这成了我们最高的享受。我们又顺便到各处去观光。这个城市确乎很大，而且相当整洁。城分三个，新城旧城之外，还有回回城。街上行人中最惹眼的是军队与学生。

这里有一种橘子，大如山楂，味甚甘美，名曰“牛眼橘子”，据说是资阳产。药材店特多，满街上挂着生药材，走着很多采药的人——他们背着筐，提着采药的刀铲。皮货店里则挂着许多虎皮豹皮之类。“有这么多兽皮，我们却见不到一个活的！”我们望着虎皮这么说。

十六日，天晴了。购备药品，并买灯笼一个，预备走夜路。

队员们的衣被都是潮湿的，今天叫他们都拿到公园去晒，而借此也可以使他们不能到处乱跑，免得惹事。然而他们却说：“假设不到处乱跑的话，那便走上几万里路也是没有用处的。”这话自然很对。

十八日，天阴，早八时出发。遇雨，想到商家买一点破席之类的东西遮遮行李，而他们的回答却是：“对不起呀，老总，我们没有席，有的话就奉送你老总了。”唉，真是，在不知不觉中把自己弄成一个老总的气派了。无可如何，只好用两元钱买了四张油纸，把行李勉强遮一下雨水。这种油纸造得特别好，原是包鸦片膏子用的。

过安康不远，飞机场正在修筑中。场地紧邻越河，大概河水有泛滥之虞吧，工人们正在赶做竹笼子，预备装入石块造水坝。

今天完全是走公路，非常平易。沿途村落甚多，土质也极肥沃，多竹及弱树。

夜宿恒口镇小学。安康至恒口七十七里，明日须行一百一十里住汉阴。土人云：“宁走一百一，不走七十七。”说是七十七比一百一还更远些。

十九日，早晨起来，看见远处山头上有雪。我们也就在大风雪中行进了一百一十里路。天气很冷，而我们的衣服又非常单薄，大朵的雪花飞舞着向身上扑来，令人目不能睁、口不能开；于是有伞的撑起伞来，有被单的撑起被单来，迎风挺进，像一些小小帆船在白浪中翻滚。

这一带人家多用破碎的瓷片作建筑的装饰。我很纳闷，哪里会有这么些破瓷器呢？

因为是大道，开始看见土牛车了。

晚住汉阴客店中。汉阴县张县长来谈，因为他也是流亡出来的，所以谈得很畅快。

同挑夫谈，知道他们每天至少须吃一角钱的鸦片。由安康到汉中的工价是十元，而安康的经纪人却已克扣了两元，他们说这是老规矩。按他们的土音，汉中应读作“汉风”。

二十日，早晨天刚亮起来，张县长就领着他的两个小孩子来看我们了；然而我们还大都未起，反觉得很不好意思。“见其二子焉，”张县长去后有人这样说，“可惜并未杀鸡为黍而食之”。我们觉得这个县长还可爱。

出发以后，脑子才渐渐清楚起来，于是想起了昨夜的梦境。我梦见自己正在攀登一个危崖，仿佛是要攀到顶点了，忽然却又滑了下来，所能攀住的荆棘蔓草，都是到手即断。又梦见昭的头发完全白了，她不说一句话，却只是用幽怨的眼睛看着我，仿佛说：“你只是越走越远，你看我……”

遇见一个挑竹器的。有竹制水烟袋，只在点烟火的地方用一点金属薄片包裹着，此外全体都是用竹子做成的，甚轻便，每个才八百文。另有一种竹制小手炉，是专为烤手用的，这一带居民几乎人手一个，连抬滑竿的也不例外。不论男女，都喜欢提这么人头大小的一个小火炉，又喜欢放在两股中间，仿佛专为烤屁股似的，那样子实在难看。

晚间住池河镇，为学生筹备吃饭，买米、买柴、借灶，颇感困难。

我们走到一个近似店铺的人家去。在深深的暗屋子中间，正点燃着熊熊的烈火，火光照得满屋子里的影子在模糊中摇摇摆动，似一些阴魂在四面墙壁上游行。木材被烈火爆出噼噼啪啪的响声，而在那火光背后的墙边，在床上，在一堆像污泥似的败絮中，正有一个人——我们实在还不能看出他的全貌，只看见一张焦黄枯瘦的脸上闪着一对阴鸷的眼睛，那当然是一个“人”吧，然而这真是使我们想起地狱。而他，那个“人”，又正是在那儿吸着鸦片，他一点也没有理会我们。当我们带着满心的恐怖向他问：“老先生，请借借你家的炉灶用用好吗？我们是流亡的学生……”他没有欠一欠身子，只把那一双阴鸷的眼睛向我们一翻：“借！给多少钱？”我们不敢再停，我们悄悄地出来了，外面虽已黑暗，然而比那屋子里却光明得多了。

二十一日，天阴而冷，早九时出发。下午二时到达石泉。沿途节孝碑甚多，远远看起来，倒是一种很好的风景点缀。能随时坐在那石基上休息，也令远行人觉得可感，但想想那么多大石块底下压着的都是女人的青春，就连坐一坐也觉得有些残忍了。这一带的抗战标语也特别多，尤其多把自家的标语贴在人家的标语上，我看那意思，真是贴标语者的机关名称比标语本身还更重要，这种心理也极可寻味。

食金鳅鱼，甚美，想起泰山黑龙潭的赤鳞鱼来。

鲁声话剧团离队，我未能和他们同行，很辜负他们的好意，觉得十分不安。

夜里又有噩梦。

三十三日，天晴，早七时出发。在雾中穿行数小时，日出之后，云雾均退聚山谷中，我们在山顶上走着，向四周看都是一片云海。

这一带居民多用白布缠头，其初以为都是居丧的人，而且奇怪何以居丧者如是之多。经向人打听，才知道这是为了避寒用以代替帽子的，又说，山里的风特别可怕，容易伤人头脑。

道旁山上多小灌木丛，叶小如鼠耳，结小果实，红色，累累如贯珠。问挑夫，说这是“舅舅粱”（或鸠鸠粱），其实青者苦涩，红者味甘可食。

见翠鸟甚多，并有其他不知名的珍禽。

夜住西乡县师范学校。今日共行一百一十里，脚上起泡，甚痛。

二十四日，晴。行八十里，住沙河坎小学。

这里又遇着一个开饭馆的山东人，人极慷慨，不失北方人本色。有老婆，非北方人。他原先是军人。为什么会在这里开起饭馆来？是先有了老婆才开的饭馆吗？还是先开了饭馆然后才有老婆？是抗战以后才脱离了军队吗？还是……他对于地方情形很熟悉，也赢得一般土人的尊敬，“朱大爷，朱老板”，许多人这样叫他。他该有很多故事，可惜我没有方法打听得来。

二十五日，晴。到城固附近，已是平原地带，开始看见大车。我们已很久不见大车了，听到那咚咚的声音，觉得可爱。

这里该是产姜的地方。居民多晒姜，把姜切得一片一片的，用绳子穿起来，千条万挂地悬在木架上，看起来像许多帘幕。

晚住城固考院小学。城固城颇大，亦甚繁荣。满街都是大学生，在我们眼里看起来：他们，尤其是他们，未免太摩登了，把北平那一套完全搬到这里来了；而我们，我们是满身灰土与虱子，我们是些乞丐。我们看他们很不顺眼。我们觉得奇怪，心里想：“为什么现在还是这样？”今天夜里，他们就在考院小学演剧。名义是募捐寒衣，而所演的几乎全是旧剧，新剧只是一点儿陪衬而已。据说，演剧用的衣服都是从汉中的戏院借来的，每日租价八十元。我们的演员听了这话都伸出舌头来叹息，因为他们也演过很多次剧，却完全不是这么一回事……

二十六日，早八时半出发。当我们把行李扛起来要开拔的时候，适见有大汽车一辆停在门口，有人说：“坐上去吧！”听说这是为搬运剧箱而来的，于是又有人伸舌头。

行三十里至柳林铺，雇马，骑至十八里铺，住小学教室中。这小学的房子原是一座庙宇，所以庙里的住持也变成了工友。这个老人非常狡猾。他谈日本鬼子，谈到打仗，谈到炸弹，最后的结论是“凭良心，靠天意，不做亏心事，炸弹也有眼睛。”然而他给我们买米却每斗里赚下四五毛。另外，我们当然还要给他报酬。

二十七日，早晨有微雨，迟至十点半出发。下午一时到汉中。

城大人多，商业繁盛，惟此地无大学生，故并不觉得讨厌。书店颇多，购文艺理论书十种。

二十九日，晴，上午十一时半出发。下午三时抵褒城之长寨，三十里。

三十日，阴，早八时出发。下午二时抵新沔县，七十里，无城，不整洁。人性执拗，不易往来。住中正街小学，甚窄狭。

三十一日，阴，早七时出发。十里到旧沔县，附近有汉征西将军马超墓及诸葛武侯庙。城门有“古阳平关”四字，谓即空城计之空城。

这一带女人和男人一样地能负重。看见一大堆柴在山路上攀登，见柴而不见人。赶上去看，那背柴的是一个年轻女子。大略估计，她的背载至少也有百斤。而她手里还抱着一只大公鸡，鸡冠子红得像一朵火，咯咯地叫着。

这一路多鸳鸯与灰鹤。有卖野鸡的，那羽毛美极了，采其一羽，放在日记本里。“你不买鸡，为什么采鸡毛呢？”我想他该这样问。但是并不，他只是笑眯眯地望着我，仿佛在说：“少见多怪，连个野鸡也没见过！”

阳平关以西又完全是山路，山道下边就是汉江，水量甚小，而颜色依然青绿。

晚五时到大安驿，共走一百二十里。我们的前队所找的房子，于我们刚刚到达时被军队强占了，连同我们的铺草。他们的长官在气愤愤地望着我们，向士兵讲道：“到处欢迎学生，不欢迎军队，抗战以前也不见学生，现在却见到学生了！守秩序，住！”于是就住了。我们不说什么，只好另找店房。

今天路长，而且又是平路——平路更容易累人，反不如山路忽上忽下，可以使脚步有些变化——大多数都走坏了脚。我的脚也坏了，整夜都未能休息好。

一九三九年一月一日，早六时出发。脚甚痛。

昨天晚间，大家就吵着要拜年，今天早晨又吵闹一阵。学生要给先生拜年，条件是先生们须请学生吃年饭。先生们就说不必拜年，学生们轮流抬着先生们登山就当作拜年好了，因为先生们都走不动了。又说要贴新年对联。因为我们过年还在走路，所以应当把对联贴在两条腿上。有人说："我要贴一联'日行千里，夜走八百'。"有人说："我的是'穿山越岭，如履平川'。"又有人说"行万里路，读万卷书"或"长期抗战，收复失地"之类。

行三十里到宽川铺，在一家小面铺里吃了很好的面条，许君又亲手炒了一盘鸡蛋，是很难得的一次盛馔。

过宽川铺，即入深山，两崖高峰插天，形势奇峭，至最狭处，壁上有"五丁关"三大字。再前进，汽车路蜿蜒上山，共十五盘，工程甚大。十五里到"五丁关"山头，吃"五福饭"——这是我们给的名字，因为这种饭是用大米、苞谷、洋芋、豆腐、豆汁五种东西合做的。

至滴水铺，挑夫要休息，于是就休息了。休息了很久的时间，还不见他们回来，我到处去找也无结果。后来看到有许多挑夫模样的——其实也就是乞丐模样的人——从一家大门里不断地出入着，我想我们的挑夫也许就在里边，但不明白里边是干什么的，我有点踌躇，却终于冒昧地进去了。唉！我惊讶我自己又走到地狱里来了。而且我也看见了地狱的火光。但那并非熊熊的烈火，而只是无数盏暗淡的灯光。而每盏灯下，都侧卧着一个预备由地狱立刻超生到天堂去的人；而他们，他们之中就有我们的挑夫，以及其他像乞丐模样的人。他们一共有几十个，拥挤在几个相连的大床上，鬅鬙的头发下面是干黄的面孔，光着的脊背，遮不严的屁股，沾满黄土黑灰的赤脚……然而他们是幸运的。还有那些不幸者，只好忍耐着毒瘾，手里紧捏着用劳力或其他怪方法弄来的几毛纸币，抖抖擞擞地，打着呵欠，站在门外，在等待屋里有空缺时好立刻补进。唉！还有那个地狱的主人，他在狺狺地厉骂着，骂着那个想吸鸦片而又没有钱的人。他把那个人的一件破衣服狠狠地掷在地下用脚踏着，骂道："这个值几何？又臭又烂！无钱莫来，滚滚滚！……"但这个滚出来的人以后谁敢保他不再来呢？只要他有一毛钱，那个地狱的主人怎能不欢迎他呢？唉！我的天！我第一次看到这样的场面。我一句话也不能说，我的叹息也只能凝塞在胸肺间。我对于这些弟兄们丝毫没有痛恨之意，我只是想到了我们的民族前途，而现在，我们的民族就正为了求生存而死力战斗着……我明明已看到了我们的挑夫，但是我不能喊他们，我知道喊也无用。我知道喜欢打牌的朋友们最不喜欢同人招呼，而当他们正在热心打牌时对任何人都毫无礼貌，又何况这些地狱中的“鬼卒”呢，我自然不去冒犯他们。我只好退出来，来到大街上，向长天舒一口郁气，等他们从天堂回来后再开始赶路——那时候他们自然也精神百倍，不用催，一定可以健步如飞了。当我们上路之后，我望着他们的背影，如柴的肩胛骨上担着那么重的担子，每走一步就有轧轧的声音由那肩上发出，尤其是那一个——他年纪最大，而此刻也走得最快，是他，他亲自告诉我他的身世——他的祖先是既富且贵的，而到了他这一代，就片瓦无存了。他自己已是将近五十岁的人却还没有老婆。他说到现在虽然是一个烟鬼，却仍然受着别人的剥削，譬如街头，譬如保甲长……他还懂得“剥削”两个字，不过按他的读法仿佛是“百索”。他知道国家在禁烟，知道再过一年就要枪毙烟民，但他谈到这些时，似乎并不含有信任的意味！

晚五时到宁羌，七十里，住店。

二日，阴。休息一日，今日脚较好。

宁羌城在荒山中，城极破烂。语云：“宁昭剑，稀破烂”，不知昭化剑阁又破得怎样。而宁羌的图书馆却修建得很好，藏书亦相当丰富，新刊物尤多。

午饭时居然也吃到了山鸡，在阳平关采得的那一片羽毛于是褪了颜色。晚饭还想吃鹿肉，因午饭太饱，遂作罢，只吃稀饭而已。

三日，阴。早七时半出发，下午二时到校场坝，七十里。中间经过西秦第一关，形势甚险，公路盘桓数层，下临深沟，涧声如雷，水与石均作黑色。公路两旁都是新凿开的悬崖峭壁。土石之色，青紫红黄，黑绿斑驳，草木之色亦如此。山风起处，飞沙啸响，这一切配合起来造成一种极险恶的景象。近校场坝，又有棋盘关。

我们预订的房子又被川军先占了。我们住在王保长家。他家的房子都很高大雄伟，雕刻亦极精细，但都是破烂不堪，空洞无人。王保长叹息说："这一路是古北大道，前清官员及赶考举子都从此路过，所以当年极其繁盛。自从海道开辟，这里的繁盛已去其大半，后来铁道一通，这里就完全冷落了！"我们问到他的家人，他说："唉，我本来有两个儿子，但是……"他不再说下去，我们就不能再问了。唉，在这些深山里，在这些荒村里，在这些古老的建筑里，在这些老年人的脑子里，该有多少故事呢？可惜，我们只是"走马看花"，不能知道清楚。

四日，阴。早七时半出发。行便道，登山，山上有小庙，神龛和庙柱上都涂有鸡血和鸡毛，香火甚盛。有神像，极凶恶，不知何神。到转斗铺，村首又有一庙，庙柱上也涂着鸡毛、鸡血，神像很特别：一老翁，如土地神，但是歪戴帽子，坐着，而又盘着一条腿，形状非常轻佻。老翁旁边是一个少年，打扮如旧剧中的武生。前边一个喜神，手里撑一把洋旱伞。又有一个女郎，正是二十年前的最摩登装束。然而在山民意识中，这大概就是一九三九年式了。怀里抱着一个光赤赤的小儿。问当地人，说这是土地庙，年轻的是武二爷，乃是七郎的徒弟，女郎是他老婆。问山上庙里是什么神，回答说是龙王，神灵并极灵验。本地人出门做事，或去讨债，或寻找已经迷失的人物，都先到庙上许愿，还愿的方法就是献鸡，所以把鸡毛鸡血都涂在庙上，并说，从前鸦片不贵，居民多用鸦片还愿，还愿的方法是把鸦片烟膏涂到神像的嘴上。我们这才明白，为什么那些神像嘴上都还有些乌黑的痕迹。当时我只觉得奇怪而不得其解，还想起故乡一段沙漠道上那一个大石狮子，凡赶大车的经过这个石狮子都必须把膏车的黑油涂在石狮子嘴上。因为那石狮子嘴馋，爱吃油，倘不给它油吃，它就把你的车翻在沙窝里；所以那个石狮子的嘴上真是黑油淋漓，显出很凶贪的样子。还有——这是听说的——岳王坟前有秦桧的跪像，秦桧的嘴上也被涂了很多油，却绝未想到这一带的神也都是黑籍的隐士。那么现在鸦片烟贵了，而且政府又严厉禁止，不知这些神道如何忍得住，因为他们都是老瘾了。也有人说，假使咱们的老百姓也是天天喝牛奶喝咖啡，那么这些神当然也可以享点洋福了。

转斗铺是一个小小的村镇，有些铺店，但十九关闭，凋敝不堪。街上横着很多石条，又有很多石头台阶。这些石头上都有字迹，仔细看看，才知道是些标语，如："X 军[①]不杀投诚的富人""X 军不杀投降的官员""X 军保卫穷人""X 军只杀卖国贼"，等等。在一家豆腐店里，一边吃着豆浆，一边听豆腐老板说 X 军故事：X 军对穷人很好……他们行动极其敏速，也不发号令，人不知鬼不觉地就开拔了，而且很整齐……

五日，阴。早七时半出发。去朝天观不远，有两段极险的公路，我们名这两段公路为"石廊"。这里本来没有道路，下边是奔流湍急的嘉陵江，江上是万仞石壁，这两段路就是在这悬崖上硬凿成的：向左看，是石壁；向上看，是石头；向右看，是悬崖下边的江水。江水彼岸又是悬崖，偶有小船在江中航行，船本来不大，不过在这形势中看起来就更显得渺小。而公路右边，就是靠江水的一边，是等距离的电杆木，电杆木正好矗在石廊的顶边，真像是廊的楹柱一般。比较兴叹于风景之奇伟，倒更是惊讶此工程的艰巨。想想这样大的一片山都是用人力一点一点开凿成的，这虽然表示着落后，但也表示着我们人力之伟大。假如不抗战，这样险的路是开不出来的。据说山崖上有"古康庄栈道"等字样，可惜未曾看见。朝天观的栈道原在山顶，从前凡从此过路者都须按所带货物之多少留下多少银子，那困难情形不知到如何程度。

从新凿的岩壁上看这一带岩石的纹理，层层叠叠，有条不紊；

① X军：指红军。

而每层每叠颜色不同，如拿壁毯或锦绣之类的字样来形容那真是小气之至，这不是任何人造物可以比拟的。我们不是地质学家，但只猜想这些岩石的形成，想想这些岩石的年代，我们从这儿倏尔而过，转瞬间横断了千万年的石书——若拿我们的一生来说，不知可能抵得过那岩石上一点最小的花纹？

路上遇到很多打石子的工人，样子很可怕。他们身体都极壮伟，而一丝一挂的褴褛却更显出那骨骼之坚实，手里提着打石子的铁锤，仿佛就要向行路人的头上敲来似的。我想起小时候在小学教科书上看到的一幅彩画，那是哥伦布发现美洲，初登岸时遇着土人的情形。可这条难于上青天的蜀道，却是由他们一下一下地打了开来。

将至广元，走千佛崖，佛像甚多，濒江而凿。据碑志云："大唐开元三年，剑南按察史……韦抗凿石为路，并凿千佛……"又云："清咸丰……沔水与龙洞水大泛，淹没地面甚广，乃凿此路，并造千佛……"佛像多因公路而破坏。行至此，天骤冷，风雪大作。前进，抵千佛岩村；有关公庙，庙前多已毁之佛像，乃从千佛崖运来者。

下午三时到广元，曰九十里，实七十余里。住同康旅馆，房间太冷，且污秽不堪。旅馆不供水，前面另开茶馆，用水须再花钱，这在我们甚感不便。这地方茶馆如此多，茶客如此拥挤，也使我们惊讶。

六日，夜有雪，日出即融。移住公生旅馆。

此地米粮甚贱，惟外来物品如布匹等则甚贵。

有桓侯庙，闻居民头缠白布，乃为张飞戴孝。新婚女子均须头缠白布三年。

街市宽阔而整洁。

十二日，有小雨。今天旅馆里住下一批军人，是川军，刚由襄樊一带退下来的。他们曾在山东作过战，胜赞山东人，尤其是滕县老百姓的热烈助战。

十五日，阴。晚间，大家又谈起了我的《颓败线》，并督促我赶快写成。我很想一试，但还缺少写成长篇小说的勇气，仿佛头绪太多，不知从何下手。又有人说，□□服务团的船队，这一路故事甚多，那些人物，也可以作为《颓败线》中的人物。其实，我们这些人都是抗战中的颓败物，不过有的人已在这条线上颤颤欲断，有的人却还可以维持下去，也有人从此要改弦更张，从颓败线过渡到新生线，这就是“人的改造”。我以为“人的改造”应当是长期抗战中的一大收获。假定根本没有这一收获，则抗战胜利恐无希望，即侥幸胜利，也保持不住。我的长篇小说即将以“人的改造”为主题，主要人物都是由颓败中生活起来去参加新的生活，参加更有意义的战斗。事情的本身，已经发展到了相当的阶段。再向前发展，就完全是新的事物了。因此，我不想再用“颓败线”这个名字，因为这只有否定的意义，而无积极的指示，我想用“酵母”或较好些。

十七日，阴。大风，早八时出发，下午三时抵宝轮院，六十里。

十八日，晴。早七时动身，下午三时到剑门，八十里。旧关传为诸葛亮所建，今已毁。现在公路既开，已看不出什么雄险的气势，路旁颇多题咏，因急于赶路，也无心去看。

十九日，晴。早七时出发。一路登山，有盘道，两旁古柏参天，为古栈道。

这一带颇多奇怪标语，如：“打倒扶桑”“卖刀买犊，即是自新之路”“小学生团结起来到前线抗战去”。这很可以代表这一带的文化思想吧！

下午三时到剑阁县，六十五里。途中吃橘子太多，继又饮茶，夜大吐泻。

二十日，晴。今日须登山，两腿无力，只好坐滑竿。这是一件很不体面的事，五十天来都是徒步，现在即将到达目的地了，却又叫人抬着；这也是“完整”的破坏，令我不能在人前夸口。或曰：“你在柳林不是骑过马吗？何曾完全徒步！”我说，那不算，骑马坐轿不能相提并论也。但这一次坐滑竿也不无所得。常见抬滑竿的前后两人于路上有特殊情形时便互为唱答以资警戒，只听他们哟哟嗬嗬，却不知是什么言语，现在算知道了一些：有的是自己多听几次便明白了，有的听了也不明白，于是我请教他们。譬如前面路上一个大坑，前边的喊道："一大缺。"后边人应道："步子阔。"又如前边的看见左边有人马走来，便喊道："右边挂。"后边的就应道："不用下。"前边的如看见地上泥泞难行，于是警戒道："留心滑。"后面的就答应："脚紧踏。"有一次他们看见一个年轻女人迎面走来，他们也是互相应答着，但那声气颇特别，带点玩笑意味。我自然未能听懂他们的言语，当我请问时，他们却只是笑而不答。经我一再地追问，并故意以玩笑态度与之交谈，于是才说："先生没看见那个'摩登'吗？哈哈！'仔细向她看'，'你干我也干'呢……"于是又一阵大笑。他们管年轻女子，尤其是女学生之类，叫作"摩登"；但按他们的读法似乎是"毛得"，而那个"得"字又说得特别轻而且柔。……我还记得在泰山住时，听泰山的轿夫也有这一套歌诀，譬如在桥上遇人时便唱"人在桥上走""水在桥下流"之类。

到柳沟，我们停下来休息。我们到一家茶馆去。然而我们并不喝茶。我们只想买它的鸡蛋，并用它的开水，且自己下手洗碗洗筷，冲鸡蛋花，亦吃亦喝，既解饥又止渴——这颇使茶馆里的人看不顺眼。也许我们的态度就有点特别，也可以说有点令人生厌吧。我们在道上跑久了，一切都不甚在意，仿佛任何地方都是自己的家，而自己也就如同在自己家里那样踏踏实实。"要大碗！"当茶馆的年轻女人把小巧的茶杯递给我们时，我们的黑大哥用了极其严厉的高声这么喊着——这声音真有点惊人，连我们自己也被吓了一跳，何况那个青年女子。唉！那女人居然嘤嘤地哭起来了，这使我们非常不安：难道就是因为这个，因为那一吓而哭起来的吗？当我们坐下来默默吃着蛋花时，我们才听到那年轻女人被一个年老女人劝慰道："孩子，你宽心一点，谁不说你好呢，谁又不背地里夸巴你呢。俗话说得好，万船皆有命，半点不由人，一切凭命好了！"说完之后就是长长地叹息。这时我们才得仔细看看这个年轻女人的相貌：她生得很小巧，也很秀丽，只是太柔弱了，继又听到她在剧烈的咳嗽，才知她正在病中。我们都很抱歉，抱怨黑大哥的粗鲁，不该向这样一个“性怯的灵魂”发作脾气，虽然她的哭与我们并不直接有关，而是我们来得适逢其会。我们猜想她是在一种极委屈的情形中——她大概有不幸的婚姻，也许她的丈夫极横暴又极浪荡，也许被抽壮丁抽去了；也许她的婆母虐待她，而她又在病中，也许是一种不易治疗的病症，她现在来到了母亲家里——于是满腔的悲哀要找一个出口，而我们却正好遇到这出口的决发。我们不愿意久停，匆匆地付了钱又开拔了。

晚到武连驿，八十里。

二十一日，细雨。今日仍坐滑竿，半途中又让给了病学生。下午四时到梓潼，八十里。路经上亭，有碑云“唐明皇幸蜀闻铃处”。去梓潼二十里，有七曲山九曲水文昌胜景，建筑甚宏伟，有晋槐。

我们趁茶馆冷静时去学习坐茶馆，然而那个茶博士却非常热闹：“来茶吗？”“来了！”“三碗呵。”“三碗就来了。”“要快些。”“慢不了哟。”……一问一答地呼喝着，却只是他一个人的独角戏。他跑前跑后，敲桌子，打板凳，故意把茶碗茶盘弄得叮当乱响。这一些声音汇合起来，仿佛这里有多少人似的。我们真佩服这个茶博士，于是想到世界上有多少热闹也难免如此。

二十二日，阴。早八时出发，下午二时到魏城，六十里。今日完全步行，腿部甚痛。

二十三日，阴。下午二时到绵阳，六十五里。虽然学校本部即在此，然而我们却仍须住店。

二十六日，由绵阳出发不久，抬行李的滑竿夫就逃了一对；原因是预付了太多的工钱，而又抬了过重的行李，趁新店子逢场人多，于休息时丢下滑竿跑掉了。到底“关羽”为人正直，他同乡的伙伴“赵云”“关平”“周仓”（这些都是我们按照他们的相貌而给的绰号，而他们自己也承认了），一直伴我们到达目的地。他们一路都很规矩，虽然他们都光着屁股吸鸦片。

于暮色苍茫中过金雁桥，到罗江城已是昏黑。我们总算到了“家”。

二十七日，今天早晨要升旗了。

这地方县政府门口有大操场，这大操场也就是公园之一部分；公园里有很多楠树，郁郁苍苍，景色颇好。操场南边有升旗台，台上有高竿。他们本地不升旗。据说当开什么会时也升旗，却有时把国旗倒悬。现在我们要每天升旗了。但是，还缺少一根拴旗的小竿。好，我就贡献上一根。我们两月前行过湖北小岭塘时，许多人都到山崖水滨去，伐竹作杖，我则以四百文从驴兄买到一根蛇头杖。那竹根的样子真如一个蛇头。这蛇头杖扶我走了几千里山路，此刻要让它同国旗一齐升到空中，总算不辜负它。但我想从此应当易名，应当叫作“龙头杖”了。

除却这竹杖，我还有两件法宝：一双草鞋，一双布鞋。我这一路都是这样：穿布鞋，布鞋之外再拴草鞋，这样，脚下得力些。草鞋穿了无数双，而布鞋还只是这一双。布鞋的底部还相当完整，但鞋面、鞋跟凡与草鞋所摩擦处都已破得千条万挂，要恢复到一丝一缕的程度了。我想应当把这两件法宝找一个适当处所，好让它们继续发挥一些余力。恰好抬滑竿的“关羽”来算账了，我要把法宝送给他。我很喜欢他。他此刻依然赤着脚。我说：“关二爷，古人弃天下如弃敝屣，我今弃敝屣如弃天下。我的鞋子载我踏过了多少江山呵，现在我就交给你好了。”他自然很欢喜，他并不说一声谢谢。这很好。他的脸还是红如重枣，不过那卧蚕眉、丹凤眼上却显出深厚的微笑，他立刻把那双尚未破损的草鞋穿在脚上，在地下用力地踏了两踏，一手破布鞋，一手钞票，走了。

我杖我屣，已不复为我们所有，然而杖屣所及，却永远是属于我们的。

费半小时，走遍罗江城，太小了。买了一个黄土瓦盆，作洗脸盆用。两手捧一个脸，简直放不开。沿途多是在长江大河里洗漱，这个瓦盆的天地实在太狭隘了；还有这座山城，还有即将开始的学校生活，都是太狭隘了，还是永远地走下去吧。刚一静下来就这样想。

圈 外

细雨，从早晨就在这山城上飘散着，没有一点停歇的意思。冒着雨，我到公园的操场去参加大会。开会时间是“上午九点”，时间已经到了，宽大的操场还是空落落的：细细的雨滴洒在地上，使白色的场子变得湿润，微带灰色；主席台上的白桌布在风中微微飘扬，仿佛无力地向什么人招手。

十点钟，我又重走回操场，这回是有人了，但七零八落，一点也不踊跃。先来的是军人，其次是学生，再其次——也就是最后的了，是“官吏”（官吏，这是广义的说法，凡拿国家的薪俸，应当为国家努力做事的都算在内，且不问他是否努力做事）。还该有什么人来吧？今天是一个宣传大会，绝不该这样冷落，然而一等也不来，二等也不来，没有什么人再来参加，等最后一个又高大又肥胖的“官吏”到场后，行礼如仪，大会便马上开始了。

当那位肥大的“官吏”刚刚到场时，小学生们便窃窃私语道：“主席来了，一定是他做主席。不信吗？咱们打赌？”——为什么这样自信？仿佛就只因为那个人最胖大就应该做大会主席似的，孩子们这样传递着眼色。果然，主席登台了，台下的行列稍稍活动了一下，但重又散乱了起来，随着主席讲话的进行，秩序也渐渐坏下去。不但场子里边，连场子外面也有了说话的嘤嘤声。场子外面说话的声音，是许多穿着破烂衣裤打着赤脚的人们发出的——他们远远地站在圈外，有的两手背在背后，有的两臂抱在胸前，有的还挑着粪篮，有的正扶着菜担。在他们黧黑而肮脏的面孔上，表示出复杂的神情——奇怪，纳闷，推测，多少还有点儿恐怖——仿佛是站在一个玩把戏的场子外面，虽然想进去又不好意思，就是只在圈子外面偷看两眼也惟恐人家向他讨票钱似的，在那儿逡巡着。有的站站就去了，而大多数还在那里待着，复杂的情绪使他们发出复杂的声音，这就帮助了会场的紊乱。我想：你们还是直接地进来听听吧，你们是“民众”呵。然而他们不敢，他们反被驱逐了。说是驱逐，是颇严重的字眼，实际上是警察用指挥棒把他们挥退了。他们散开，但不即散去，他们有少数人还站在较远的地方瞭望。

雨继续下着，东南风送来花的香气、绿叶的气味和湿土的气味。公园里的桃花、山茶，尤其是楠树的花，开得正好。小学生在想着什么事呢？他们也许想到散会之后去折一枝桃花，并想起他的一个可以插花的小瓶，也许在埋怨着为什么把开会的日子定在星期天，假如定在明天开会（当然要放假的）不是可以连玩两天吗？于是，他们谈着，计算着，想起明天的晨课，想到尚未做完的算术题，也许轻轻地皱一皱眉头。我清清楚楚地看见，一个小女孩从衣袋里取出一把花生米，说着什么，递给了她的同学，而那一个则替她拍落头发上的雨珠。在我身旁的一位先生——大概是小学教员吧——却正在同他的太太谈起了米的价钱，说是“涨了，不好买”！总之，他们都不大注意那位胖主席讲的是什么。我呢，我也不曾注意听他，因为我在想，在我思想的隙缝里，偶尔听到他一句半句愤慨的话：“前方……流血……后方……我们……唤醒民众……当兵……打退敌人……太平日子……”而我的思想把我拉到两千五百里的远方。在三个月前，我曾经住在那城市里，那是一个行政专员所在的地方，那地方距炮火的前线较近些。那个专员很聪明，每星期一，他能把城郊的“民众代表”——保甲长等——集合在操场里，行升旗礼，并向他们讲话，每遇其他集会也是一样。然而他却是借用了警察的棍子把他们——“民众代表”——赶了来的，而且赶入圈内之后不准早退，假如迟到或早退就要受罚。我的思想很混乱，特别是当我听到那位胖主席讲到“唤醒民众”的时候，我想：用棍子把民众赶入圈内，比较用棍子赶出圈外，是不是好一些呢？我正在为这问题困惑着，忽然听到主席提高了嗓子，仿佛非把自己的声带撕裂就不能表示出情绪激烈似的，大声喊道：“……诸位，我们有十二万分的把握，最后胜利是属于我们的。——完结！”主席用叠得方方正正的白手绢抹着额上的汗水，走下了讲台。听讲的人们都舒了一口气。但一口气尚未舒好，另一位红脸的先生又上台了。从台下人的私语，知道他是什么委员。他才说了几句话，站在最前排的小学生已经厌烦得不能忍耐了：有的看天，有的掸去脚上的土，谈着，亟待讲完之后好散队回家。红脸先生的话还更简单，仿佛只把主席的话作了摘要，最后结束道：“今天时候不早了，大家被雨淋着尚且热烈地来参加大会，这种精神，就可以把敌人打倒。完结！”最后呼口号，虽然听不清是喊些什么，也随着一齐乱喊，尤其是小学生们，“万岁，万岁”地喊得特别起劲。

散会了，大家立刻散去。我慢慢地走回来，我的脚步非常沉重，仿佛被雨中的泥泞胶住了鞋底一样。我的胸中感到空虚，而眼前则一片茫然。

一九三九年三月十六日

江城半日记

一

二月七日，是旧历的除日。天阴着，落着细细的雨星。吃过午饭之后，我们几个人一同到外边去散步。

今天并不逢场，但街上也相当热闹，来来往往的男女老幼，都显出一些紧张而又愉快的神气。从巷子里边，传来“梆梆”的声音，那是谁家的刀正在木板上剁着肉；道旁的人家，传来“枯初枯初”的声音，看见有人正在那里刷洗着旧门窗；前面飞起一阵灰尘，一个包着头巾的女人正在那里扫着墙壁……我们急步走出西门，却被一家小店门口的灯笼吸引住了。这在城里是并不特别惹人注意的，而在这已经只剩着几家荒落的茅屋前边，在这周围都是绿野的矮檐之下，那个红灯笼却特别惹眼。“好看的年红灯！”一个伙伴这么说。那灯笼的架子完全是楠木雕花的，非常细致，新糊了鲜妍的红纸绿纸，在风中微微摇动着，使辛苦的远行人也都为之停步而予以注目，叫人家心里念道：“又是一年了！”门里边的一个中年男子，还正在那里糊着另一个灯笼，他的笑脸说明着深心里的喜悦。

我们沿着小小的溪流向北走，望着那流水两岸的菜花，想到去年来时也正是这样时节，也想到受难的故乡原野却正盖在无边的白雪里。“真荒唐，这能算是冬天吗？满地黄花！”有人这样说。一样季节内的两个不同的世界，在流浪人的心里作了比较，爱憎之情却觉得不易分说了。溪水活活地流着，翠绿的藻草层层地在水里随波摇摆着。"'参差荇菜，左右流之。'——我真喜欢这一个'左右流之'的姿态呀，妙在做着前进的姿势而又一步未曾动，只是摇摇的，无限意趣。""是吗？我想起北平的拂水杨柳枝。"说话的一时都沉默了，大概人们心里都有一件东西在摇摇的，如水藻，如杨枝。"拿鱼的！""冷哉水呀！"于是大家抬头看，都觉得无限凉意了。一个粗壮的汉子——下半身完全裸着，只用一条蓝布抽裹着胯下——背着鱼篮，左手持网兜，右手持竹竿，用竹竿在水草中搅着，用网兜在一旁捞着，提起来便是五六条三寸二寸之鱼，顺手用竹竿一拍，银鳞闪闪都落入篮中了。"临渊羡鱼"，使我们立岸上颇久。水浅鱼细，显得那个捕鱼汉子的两腿特别壮伟。"冷吗？""不。"半裸的渔人有意无意地回答着。"绕城的河里只能垂钓撒网，纹江里边就可以放鹰行船，你们见过吗？"一个同伴问。"见过，在云盖山下。"当我们这样问答着的时候，我们已经舍下渔人而与两个挑担的并肩而行了。

两个人各挑着一对竹篓，篓子上挂着水烟袋、火纸枚，还有新草鞋、旧布鞋，而篓子上边还挂着一大捆甘蔗，那甘蔗又粗又大，紫得好看极了。

"甘蔗卖吗？"

"不卖。"

"挑往哪里去？"

"汉中。"

"篓子里是什么？"

"泽泻。"

"转来挑什么？"

"连翘。"

问着答着，两个挑夫已经姗姗地走远了。"你们不能回家过年了。"一个伙伴还惋惜地赠送这么一句。汉中就是陕西的南郑，出剑门，走栈道，过朝天观、七盘关、西秦第一关、五丁关……好险要的征途呵，九百三十五里到汉中，这是我们行过来的道路。"我们大概不会再走到这条路了！”自然，抗战胜利之后，我们就要出三峡顺江而下了。我们一边慢悠悠地走着，一边谈着，经过佃农们的像干蘑菇一般的茅草棚，听着隆隆如火车似的水磨声，倒拐而入城北门。

二

进北门曰北街，这是这小城的住宅区，多大宅第，多古乔木，多高大的石门砧与金字的匾额——流亡者走过这里就想到“家”，想到温暖与和平。“就到我家里来坐坐吧。”一个姓刘的同伴指着一家大门说。他因为从七千里外带来了一个女人和两个小孩，“且住为佳”，便也可以说是有家了。于是大家揭衣越过其高大的门槛，庭院深深深几许，我们自然不敢多入迷宫一步，只奇怪于那第一进大厅里是空空的，却放着一架新制的大水车；而转入了一个小小的偏房，这本来是人家的下房，如今却作了这位朋友的客厅、卧室、书斋，兼厨房了。这是本城地主老爷的恩惠，有空房也不赁，以向外赁房为可耻；要住就让一间给你，也许要钱，也许只收点礼物，但总不承认是“赁”。我们那位姓刘朋友的太太正在忙着包饺子，自然，这还是故乡过年的习惯。我们隔着窗子可以看到另一个院落里有两个三十岁左右的女人也正在那里忙来忙去，于是一个伙伴向着那个正忙于帮着包饺子的女佣说道：

“杨嫂，请你给说个媳妇好吗？”

“啥子？ X老师，你是癫了！”那个女人回答。

于是大家都笑了，原来房主家那两个女人还都未出阁，她们的母亲因为要选择那最如意的女婿而不得，把两个女孩子的终身大事耽误了。据说，这也是这城里一种风气，尤其是这些大门第里。我们偷偷地看了那两个女人的面色，不禁生起一些不快之感。

“她们为什么不上学读书？”

“她们小时候在家里读‘四书’，大了就不读了。”杨嫂笑着说。

三

我们从刘家出来，再到赵家去。那位姓赵的朋友夫妇两人新近才搬进了一处凶宅。姓赵的夫妇是科学家，当然不怕鬼，也正因为那地方有鬼，那样好的房子才肯让给这被视为难民的人们去住。

从外面看来，这住宅是极其平常的，只是一列板门，像一个小小店铺一样；但进入一个院落以后，就完全是另一个世界了。我们一见之下，只觉得两眼迷离，还没有能力把那些名物一一指点出来；因为这都是太生疏的东西，而且人家又不容你在那里多看一回，只是穿堂而过罢了。然而，对于这里面画栋雕梁、外则蓬户瓮牖的用心，却觉得颇可寻味。我们走进了几进院落，方向也迷了，快要走到赵家住处，也就是快要进入凶宅时，一个伙伴才低声耳语道：

“这家的地主老爷一天到晚藏在家里，不敢出城一步。”

“这很明白，在他眼里，大概任何人都是土匪了。”

这一个院落确乎有点特别，一进来就觉得阴森森的。不久以前，是由本城的女子小学校长叶小姐住着的。

叶校长是某大学的教育系毕业生。她的父亲在清朝是举人，到民国以后又是大学教授，她的婆家自然也是望族。她是不满三十岁的人，然而她却在痛苦中过着孀居的日子。她的父亲已去世了，另有一个老母亲和一个小女儿陪着她生活。因为某种关系，我们得以知道这位叶女士的情形，我们常常听人家夸奖她。这个县城里连一个在中学毕业的女子也没有，所以没有人可以做这女校的校长，而她又是肯于做这件艰苦的事情，宁可以自己赔了钱来使学校日趋改善。这也是这地方的有产者的特色之一，只为名誉，肯于做一件小小事业。

有一天忽然听说，叶小姐病了。

第二天又听说，叶小姐死了。

第三天又听说，叶小姐是吊死的。

第四天又听说，她是因为爱情而自杀。

……

举人出身的父亲，名门望族的婆家，孀居的痛苦，社会道德所不允许的爱情、舆论、名声……杀死了一个有用的青年。

但第五天又来了消息：另一个青年媳妇，也在那个院落里吊死了。

叶家搬走了，房子空起来，而且请了“端公”来赶鬼。一切应做的都做了，然而没有人敢来住，出乎他们意料之外的，赵家夫妇搬进来了。但隔不几天，消息又传来了，就是赵太太又吊死了。这自然是谣言。我们一进这院落，首先出来迎接我们的就是赵太太。她把一切都指点给我们：

“你看这棵大皂角树，成了精了！”

那棵大皂角树直挺挺地从屋角里长出来，有五六抱之粗，直矗到天空。“像龙呵”“像蛇呵”，最后一个人说：“这皮，简直像瓷瓮！”大家都笑了。

“因为它是从屋里长出来的，就像从坟墓里长出来的，而且也太老了。”

赵太太说着，又指点道：

“你看这些楠树！”

我们都仰起脸来看了，五六棵大楠树，枝叶茂密，遮了整个天空，阳光透不下来，又容易有飒飒的风声，这也就是使这院落阴森森的原因了。

“你看这满地荒芜！”

我们都俯首而看了，满地落叶、荒草、鸟粪、灰尘。她又指一棵枯瘦的松树说：

“你看这上吊树！”

因为这棵松树弯曲地长着，像一个人在那里躬着腰一般，其高低，其弯度，恰可以使人上吊。而且，“松者凶也！”她这样说，又指着许许多多方石块道：

“你看这些碑碣呀！”

那本是些放花盆的石台，十几块整齐地排列着，而松树下边的两块已经搬走了，因为恐怕有人踏着石块向松树上拴绳子上吊。最后，她又领我们到一个角落去，指着一丛树道：

“这是梅花，就是叶校长的殉难处了！”

假如不经说明，我们真不认得那是梅花；因为我们历来没有见过那么大的梅花树，密密层层地，占着一间屋大小的一片地，枝梢高出房顶之外，仔细看还有些残败的黄花留在高高的枝头，据说这是明朝的遗物了。树下边有一枝新被伐去的痕迹，而那一枝就是吊死人的一枝了。留了这么一个崭新的痕迹，倒叫我们有了想象的凭依，觉得不胜哀愁了，而一个好事的伙伴却又猛然直挺挺地站在那树下说道：“看，我也来吊！”他伸出舌头，瞪着眼，回答他的却只是一阵可怕的沉默。

赵太太又告诉我们说：“他们以为这古梅作怪，想完全伐去，又不敢，于是只去其一枝。那棵大皂角树也作怪，他们却更不敢惹它。”她又指一大堆纸灰告诉我们说：“这是他们赶鬼时烧的，那个装鬼的穿了死者的衣服，从房顶上被赶出去，而且鬼声鬼气地叫着：‘唉哟，我再不敢来了，再也不敢来了！’和尚道士在念经，敲锣打鼓，放鞭炮，而做法的也威吓着：‘我看你还不走？还敢来？’”

然而我们却实在爱这个院落，那么高大美好的房子，那么古香古色的摆设，而尤其可爱的是那么幽静呵。

四

回到学校，已是四点以后了。天还是阴着，风里带着湿气。有许多本地女人到学校里来烧香叩头（因为我们的学校原是一座大庙），都被劝阻出去了。

有人在院子里放鞭炮，惹得许多学生都来看热闹。但有人嚷着说是不要放，因为县政府有命令禁止旧年放鞭炮，“那么我们在心里放吧！”这话本是要人笑的，然而大家都笑不出来。

一帮学生来请我去吃饺子，我为了不辜负他们的好意，就跟着他们去了。

这些流亡的孩子，离家已二年有余，他们已经能够自己缝补洗濯，而且能自打草鞋，自做布袜，到了年节，还依照故乡习惯自己动手做饺子。在一个教室里，十几个人围了一个水桶吃着谈着，觉得也极其有趣。

“你们还想家吗？”我问。

“不想家。”一个小同学答。

“你们今天到哪里去玩？”

“我们今天去拜客。”

大家都笑起来了。

原来今天他们出北门，顺纹江而至金雁桥，登东山而去拜访了张任的祠墓。

“那么明天呢？”

“明天还是拜客，去落凤坡、白马观，给诸葛亮和庞士元去拜年。”

于是大家又笑一阵。

“老师，这里的风景你喜欢哪个地方？”

我不回答，却反问道：

“那么你呢？”

“我吗？”他答，“我喜欢出南门，沿溪行，忘路之远近，或走石板道，而登南塔，望纹水绕山城而来，觉得天地宽大；但最好还是过木板桥而至彼岸，两岸溪流夹一条小径，水里藻长鱼细，岸上垂杨柳，柳含烟……”

不等他说完，大家又笑了，而且又有人喊道：

“你说谎，你说谎，那里并没有杨柳，只有泡桐树、水冬瓜。”

“那里有些小鸟，各种颜色，小得像小手指头肚一般，真好看。”

“我还喜欢看大水车，高与山齐，远远望去，想起堂吉诃德的第一次出马。”那个爱说话的孩子又说了。

“还有轧棉花的小水车呢。”

“机械化……”

于是一个学生告诉道：

“今天有几十辆大汽车从东门进城，因为街上人多，小孩子躲不迭，几乎轧死一个。”

“车上装些什么？”

“什么？还不是子弹和飞机零件嘛，没有别的。”

“自然是西北运来的了。”

“你猜那些子弹要运到哪里去？”

“自然是后方……”

“错了，将一个个一个个运入日本兵的脑壳里。”

于是大家又笑了。

也有人提起故乡的消息，说某人的哥哥已加入了游击队，也有人说起故乡的年节，但并引不起兴致，谈得不起劲。

五

五点以后，天渐渐暗下来，漫天的乌鸦都飞回这鸦城来了；然而我们还照着我们每日晚饭后出城散步的习惯，再到城外去，而且也趁此看看除夕的景色。出乎意料的，这时街上倒比较清静了，只多了些红灯，各家门上也大都贴了新对联，有一家门上这样写着：

“打倒小日本，作个大国民。”

大家都称赞这对联做得好。还有一家门上写着“灭日灭本享太平”，另一联大概是“兴中兴华……”吧，觉得要笑又笑不得。

出西门，向南折，还是沿着溪水行。有五六辆骡马大车把我们拦在水边不能前进了，我们要先让它们过去。在这条紧接着国际路线的川陕公路上，每天不知有多少汽车奔驰着，载着多少武器与物资，载着多少将士与热心，载着多少可喜的或可悲的消息，从这个小城通过；同时也不知有多少辆骡马大车，载着棉花，载着烟草，载着粮秣或药材，沿公路来，绕了这石头城的半圈，再向公路去，到甘肃，或者到昆明。赶车的多是北方人，有北方的尘土气和乡土音，叫我们感到一些亲近。这些地方还没有专为他们而设的骡车店，于是他们不得不露宿在城外，埋锅造饭，在车底下伸开铺盖睡觉——虽然今天是除夕，他们也只好就过在这江城之外了。我想起一个旧俄作家的忧郁故事来，我甚至愿意去陪他们过一个夜：在篝火旁，听着骡马吃草的声音，听车夫们谈谈他们的经历。

“骡马车比骆驼还快些。”望着大车走过之后，一个同伴这么说。我们都想起在东门外大桥旁边那一群骆驼来了。那还只是昨天的事，我们特意到河滩去看骆驼。其实这在北平城下是见过无数的，而驼铃的声音也听得熟悉，不过这地方居然有一百数十匹骆驼来到，就觉得特别有意思。当我们走时，骆驼群正分开队列，排得整整齐齐地吃着草——从一边看起来，以那无边的沙滩和无尽的江水作为远景，还有那些在暮色苍茫中的山丘，叫人想象到沙漠；而那些微微颤动着的驼峰，就正如旱海中的沙浪一样。牵骆驼的人也正在烧火做饭，火光照着他们的脸色，叫人以为那些脸面都是铁铸的一般。虽然吹着冷风，下着细雨，而他们也即将看守着他们的驼群，在这水边过夜了。有一个驮夫还正在把自己缩在一身羊皮大衣里吹着洞箫呢，箫声和着偶尔发出的驼鸣，叫人想起塞外的胡笳。骆驼也像这些骡车一样，也在来回地运输着。

“你们运输什么东西？”

“运棉花——棉花卖给外洋，换枪炮打日本鬼子。”

"假若有人做一个统计，在这一日之内，不知有多少东西从这江城运过呀！"

正在说着这话的同伴，却忽然惊讶地叹道："看！那边运来的又是什么？"

那该是一只待宰的猪吧？这地方是个肉食的国度，每天有多少肥猪被抬进来，有多少猪肉被抬出去；然而此刻抬来的东西既没有声音，也不是黑色或白色，而只是长长的，像一段枯树。走近来了，才看出是一具死尸，不敢看的人都转过背去，而另一个同伴却说道：

"这有什么可怕？这是常事——不是冻死的，就是饿死的，再不然就是死在监狱里的。"

"人之一生呵！"一个同伴叹息。

"而且他们连埋也不埋，只抬到河边芦苇中一丢就算。"另一个说。

"不错，我今年夏天到江边散步，就看见一个赤裸裸地躺着。"

"朱门酒肉臭哇，路有嗅冻死骨……"一个同伴唱起来。

那些大车已经停在东门外边了，我们也走到了东门，我们要回到学校去过我们的除夕，但是我们不能进城，城门忽然关起来了。

这时候也不过是六点半钟，天已经完全黑了，北风刮得很紧，冷雨洒下来，逼得我们无处可去。

六

"啥子名堂嗅，龟儿子！"

"监狱里逃了二十七个监犯，在公园里打死了两个。"

"背时的，过年么，关在屋外头！"

"哪个要你把门关起？"

"县长的命令么。"

在城外边拥挤着许多人，说话的声音大多数是地道的四川话。

城门里边也一样地拥挤着许多人，一样地吵斗着，然而也无可如何。

男的，女的；老的，幼的；拿肉的，提酒的，抱着纸马香烛的，提着年红灯的，也有在手里端着醋碗或提着油瓶的。城里的要回乡下去过年，城外的要到城里去过年，然而都被这一道门挡住了。

风吹着，雨淋着，城门依旧关得紧紧的，只有一线灯光从门缝里射出来。

“几时开门让老子过去？”

“几时？二更天吧。城里在搜索逃犯呢！”

“妈哟，监犯也要回家过年么。”

我们几个人在人丛中挤着，却谈起了去年秋天的几件事：一天中午，忽然把四门都关了，说是城外边有大批土匪要进城劫狱，因为狱里的匪犯有很多是羁押了几年，是既不审判也不释放的。又一次是只关了南门，而其他三门却仍是开着的。当时百思莫解，后来才知道是因为当时天旱已久，而南方是属火的，关起来就可以下雨了；而且还在各街贴了小小的黄纸条，上边写着“天气炕阳，小心火烛”。还有一次是因为夜里逃走了壮丁，直到早晨九点钟还是四门紧闭。我们正在谈着这些事情，忽然听到城里不断地传来敲锣声，而且听到呼喊声，但听不清喊些什么——只听到每一阵呼喊的最后总是“要枪毙！要枪毙！”——经本地人解释才知道是说假如有人窝藏逃犯，搜查出来是要一同枪毙的。

“按家搜索吗？半夜也搜不完！”

“妈哟，等到明年初一再开吧！”

有的人不耐烦了，便去打门。然而那两扇城门是太大了，而一个人的拳头是太小的，那城门只发出轻微的咚咚声，却纹丝不动，而且里面的卫兵厉声骂起来了：

“龟儿子，哪个敢敲门？上边的命令，要枪毙！”

于是城外边都安静了，然而忽然一阵急促的脚步声和愤怒的喧嚷声从城里传来，接着就听到门链和门闩的响动声，两扇城门裂了一条缝，两个军人从里面挥着拳头挤出来了。他们跳着、骂着，等外边的人们想乘机而入时，那一条狭窄的门缝又砰然一声闭拢了。门外边只被两个军人留下一阵酒腥气，于是大家又大哗起来：

“他们可以出，我们就不能进吗？”外边的人喊。

“他们能出，我们就不能出吗？”这自然是城里边发出的呼声。

一会儿又来了一个军人，他把门敲了一阵，喊道：

“啥子县长？为啥子让监犯逃走？里边的犯人逃走，老子是在外边，犯人还要进去么？”

然而门闩是在里边的，他骂了一阵也无可如何，向后转了。

“唉，抗战时期，要维持后方的秩序呵。”

这是一个穿便衣的人说的，看不出他是干什么的人。

“维持秩序？是谁先破坏了秩序？我说谁让监犯逃跑就是谁！”

这是一个很有力的反驳，那个吵着维持秩序的人也不再说话了。

天是黑得很深的，风刮得更尖利，雨下得更紧密，这一群被阻在外面的人都蠕动着，彷徨着。“冷啊！”一个女人用尖细的声音这么叫，仿佛已经哭了的样子。“我的家——在——东北松花江——上……”一个流亡的学生，只唱了这么一句就咽住了。

开门既然无望，我们就只好找一个地方去避避风雨，于是我们回头走到东关的街心，想去找一个茶馆坐坐。街两旁都燃起了红灯，但各家的门多是关着的，茶馆里虽然开着大门，但里边也只剩着空空的桌椅，并不见一个客人；若在平素，这时候还正是客满呢，而今天连宵夜的人也不见了。

“有茶没得？”我们学着四川腔向老板问。

“有。”他回答。但他又回头去问幺厮：

“有茶没得？”

“没得！”一个年老的幺厮正坐在桌边抽着水烟，有意无意地回答着。

我们无可去之处，就只好在这里暂坐一坐，但北风依然从街上向我们身上袭来，使我们不能安坐。而这时忽然有几个军人吵着骂着地进来了，其中一个还拔出了佩剑；我们以为他们是从城里来的，以为是开了城门，便赶紧走回城门去。然而城门依然关得紧紧的，而等待着的人却更多起来。有些学生是刚刚来到的，他们说已经绕城走了一周，说各门都是一样，都有好些人在等待着开门。

在黑暗中期待的时间是令人觉得特别长久的。大概已经快到九点了，城门居然开了。“开了！……开了！……”人们欢喜地喊着。但里边的急于向外出，而外边的又急于向里进，结果仍是卡在中间，出入不得。打声，骂声，哭叫声，喊痛声。“哎哟，我的脚杆！”一个孩子哭着喊。好容易通过了那一道“窄门”，进得城来却是一街清静：只有两行街灯在风雨弥漫中闪闪地发着红光，偶然从什么地方传来一两响爆竹声，却更显出了这街心的寂静。

“你可曾看见吗？”

“什么？”

“一个女人。”

“一个女人？”

“嗯，一个年轻女人在挤着进城的时候被一个男人抱着亲了一个嘴。”

我们谈着，回到了学校。看看时钟，果然已经九点过了。听其他同伴告诉，一共逃走了二十二个犯人，打死了一个老头，其他都跑了。他们的镣铐是预先解卸了的，他们一齐喊了一声便都窜了出来，县政府门口的卫兵莫名其妙，还问着：“啥子事？啥子事？”却被一个囚犯一拳打掉了钢盔。另一个警察还追着一个犯人在大操场的升旗台下跑了好几周呢。有的犯人还假装着与自己无干，口里喊着，“捉住！捉住！莫让他逃掉！”而他自己却借此逃掉了。

当我刚刚坐在暗淡的菜油灯下，正要翻开一册书时，附近的人家忽然响起了一阵紧密的鞭炮声，学生宿舍中又涌来了一阵满含着愿望与悲哀的歌声。这一阵鞭炮声和歌声却特别地激动了我的心，我不禁想到，故乡的人们难道也还能过“年”吗？也许他们正在被敌人蹂躏着，也许他们正在同敌人战斗着，而我的面前还摊开着我的弟弟的来信，这样的两行字又显著地跳入了我的眼睛：

“我们在五色旗下生活着，我们的生活中充满了泪，也充满了笑。我们哭，是因为我们在过着痛苦难言的日子；我们笑，是因为我们还坚决地相信着……”

菜油灯芯上结了灯花，灯花跳跃着，我的眼睛模糊了；弟弟信尾上那一行虚点扩展开来，扩展为一串泪珠，扩展为一串血滴，扩展为一条伸到无边去的大道……

一九四〇年二月十一日，旧除夕

青城枝叶

一

“到青城山去！”

春假以前，许多人都这样嚷着。

教书生活之腻人，凡是教书的人都有此同感。但既已担负了这份责任，也不容易再另跳个槽儿，虽然在抗战期间任何人都有机会去过一种完全新鲜的生活。腻人！于是凡有一点儿隙缝都想跑出去透透空气，而春假又是最好的时候。我们，以及我们这一群，抗战以来断断续续地跑了一年多的路。这种跑法对于我们当前的大事业还不敢说有什么用处，但在我们个人却实在得益不少，我们都跑得很结实了——无论是我们的身子或我们的心。我们看了很多，也经验了很多。我们懂得了“走路”的道理，也懂得了一点生活的道理；而且，我们的抗战之必能胜利，以及这一胜利之实在不易获得，在我们的长途跋涉中也得到了证明。现在，我们走到了这座僻静的小山城中，过幽静的生活又是一年有余了；虽然我们随时也呼吸着现实生活的气息，但闷塞之感还是难免的，而且又是春天来了，我们需要出去开阔一下我们的胸臆。到什么地方去都好，只要是暂时地离开这个腻人的窠臼。于是，“到青城山去”！据说青城山的风景是很好，但什么风景不风景的，这时候也并不怎么吸引人；我们一二年来看了无数的好风景，而且有多少好山水已经蒙受了难忍的污辱，又洒上了民族的鲜血，然而我们还要躲在大后方看风景！我们自然是去看了风景，但我们不愿这样说，那么就让我这并非辩解的辩解使我们安心一点儿吧。我们必须出去跑跑，我们也是刚卸了载的牲口，让我们暂时在松软的地上打一阵儿滚，让我们向长空自在地吼鸣。真的，当我们离开这些小房子，离开这个石头城圈子，尤其当我们超越了几个高岗，最后看见了那一片成都平原时，我们真想飞起来了。我们真想亲亲这平原。我们想起我们的故乡。我们生在那片大平原上，却最喜欢那里一块小石头，一个小土岗。但是，如今我们被山峦困住了；从河南西部，一直到脚下为止，凡我们走过的地方，都是山，都是山。而此刻，摆在我们面前的是一片平原，一片绿的海。但是，远远的，那里一堆人，他们在那里干什么呢？那里是一个小岛，也许有一只航船在那个岛下触了礁？我们走快些，我们去看看——我们不知道我们这第一次出马到底将遇到些什么，我们正在兴高采烈，我们不愿意在我们正要开花的心尖上放下一个小小的毒虫……

二

公路由山顶上曲曲折折地爬下来，已经爬到平地，已经服服帖帖地伸直了它的身子，要一股劲儿伸到成都去。公路两旁是稻田，是水塘。就在这儿，在这么一个渐入佳境的地方，忽然结起了一个“人的疙瘩”。我们急促地走到近前，第一个被我们注意的是一个士兵：他仰脸向天，四肢遥遥地伸展着，倒在道旁，他的脑袋已经破裂，血浆模糊，他的腹部、腿部，都是血迹，而且混着泥水……一个女人，在用手梳理她水淋淋的头发，她满脸泪痕，却一点也不去揩拭，她的刚从水里捞起来的行囊在一旁滴着水陪着她；她默默地坐在那里，仿佛正等待有谁来予以救援，但此刻谁也不会伸给她一只手。人们——其中有多少是满头满手带着血迹的——正拥挤在水塘中，在用种种方法援救那一辆汽车。那部车子用了它的橡皮轮子向天空哀求着，仿佛一个栽了跟头的黑色甲虫，我们猜想这甲虫下面还压住了多少生命。吓，而在这一群人的那一边，在水塘的对岸，远远地躺着一个人，他却是四肢和脸面都埋在泥里——好像在用力地向地下钻，钻，钻。我们很难想象他何以被摔得那么远……此外，散乱地掷着箱笼、食品、衣服、帽子……

三

在旅馆里，一群闲人围着一盏灯，他们正在兴高采烈地谈着那件覆车的事情。

“是上行车？”

“是啊，开往成都，早晨从下边开上来的。”

“死了两个，不止吧？”

“其中还有一个中学教员呢。”

最后这一句话清清楚楚地打在我的耳朵上，我立时一震，我疑心那死者是范。那个四肢铺地仿佛正要向泥水中钻去的人影，又显现在眼前，一点也不错，那正像范：那灰色的夹袍，那圆浑的身体……

我们本来可以同时动身的，但是范因为走得很急，早晨搭了汽车先走了，然而覆了车……也许不是他，也许是……这一夜我一点也未能入睡，我只想着这个问题——我看见他，我记起他临行时那种匆忙的样子，他还说：“我为什么回去得这样急呢？”——我后悔为什么当时我不到那个死者旁边去确认一下，而且当时又无端地认为那是下行车……

次日早晨出发，我真想向回头的方向走，但知道无济于事，不如到成都一问便知。我的两腿有点发软，而心里总是恍恍惚惚。出城去，是一望无际的水田。塔影、树影，倒映在水田里，层层叠叠，青青绿绿，非常清楚——这景色也提不起我的兴致。

到成都，一接触那种烦嚣，那些耀眼的灯光，那些拥挤得水泄不通的行人，真使我有点晕眩。我们不知为什么要住一个很阔绰的旅馆，房间自然很好，然而价钱太高，在我们实在过于奢侈。这是一个有历史意义的旅馆，在抗战前，我们的民众曾为了敌人强设领署而示威于此——我们也许就为了这个而来此一住。这一夜我是睡了，然而睡得很坏，我两次梦见范。第一次情形很可怕：他的阴暗的面孔，表示着他的凶险的遭遇，他一句话也不说，却只是用眼睛瞪着我。第二次却是同他乱翻着许多新书新报，仿佛在书店，又似在学校，而其中一本画报上却是一张可怕的照片：一个人，四肢铺地，正向泥水里钻；一个兵，满身血污，仰面朝天；一个女人，用两手拧着湿淋淋的头发……

可笑得很，人会自己造一场暴风雨，而自己就被淹没在这风暴中——但这暴风雨晴起来也极容易。第二天早晨我们找到了范。他说："我的车倒未覆，但是我的船却覆了。成都这地方真是一片大海，而且波涛险恶，我的一叶扁舟简直没个停泊之处——你看，满街都是旋风，而且空气是那么窒塞，低气压，整个的低气压。"他又告诉我们很多新鲜消息，这些消息都与抗战有关，然而其中有令人振奋欲呼的，也有令人悲愤欲泣的。

都市之一日，已经够了，明日决定到青城去。在想象中：一座青山，青的，青的，青的，真是凉爽之至！

四

据说七点钟有开往灌县的汽车，我们于六点钟到站。等到七点，八点，九点，将近十点了，并没有汽车；站上除站役外，并没人负责。也好，免得遭覆车的危险——虽然这一段完全是坦坦荡荡的平路，然而这年头也还是静海里覆舟，平地上翻车的年头——我们只好不坐。

到达灌县时，已经黄昏时候了。山，山，山，以极其苍茫的颜色迎着我们；但我们还不知道哪是青城山，我们觉得那些山都很好。虽然天已昏黑，晚饭之后，我们还出南门，过大桥，模模糊糊地看过了离堆公园。次日早晨仍是游公园，看离堆，并登“亭亭亭”，俯瞰青城一带山水。饭后，又登山，出西门，过玉垒关，游二郎庙，走竹索桥。桥下是浩浩的江水，桥身是竹索连起的木桩木板，摇摇荡荡，似一条万丈游龙。这真是一件充分地表现了中国特色的工程，一件艺术品。我们的一个同伴，身体最胖而胆子最小，战战兢兢地走在上边，一步挪不得四指，那样子实在好笑。“李冰，水利，开离堆，斩水妖，架索桥，灌田畴，利交通……中国非不伟大，然而我们自己总不相信自己的力量，凡有伟大事业总把自己的功劳分给神明……”我一边过着桥，心里这样想。沿堤，入公园后门，又入城，不料在一家小商店内买到两册旧书：弗里契的《艺术社会学》、蒲列哈诺夫的《艺术论》。书里夹着干枯的花瓣，那褪色的花瓣还保持着一种特别的香气。

下午，坐滑竿上青城山，却落起小雨来了。过长生宫，一访泰山旧友，不料这位三年不见的朋友却回家去了，是为了一件与抗战极有密切关系的生产事业而回去的。原来是极其丰满的朋友太太，如今却变得憔悴不堪了。她又有了一个小孩。但他也丢掉了一个大孩。当敌人已经过黄河即将直扑泰山时，他们夫妇要急于回到四川来，一连上过七八次火车，却被那个离不开奶母的小孩用号哭留下了——那孩子无论如何也不愿意离开那个生他的圣地，无论如何不跟他的父母而一定要同他的奶母同住。无可如何，这一对夫妇只好把儿子留下，只带着那孩子的弟弟回到四川。那孩子的奶母是一个极其穷苦的中年妇人，当初议定每月寄她二十元作为她同孩子的生活费，但现在后方与沦陷区汇兑已断，就没有什么办法了。“唉，说起来真是可哀，既不愿留在沦陷区受敌人侮辱，就只好把自己的心肝留在那儿——现在那个奶母也许已经成了乞妇，我的孩子也许已经饿得面黄肌瘦，满身虱子，满身疥疮……看，这里的青城山，不也正如泰山吗？我听到山水的吼鸣，就仿佛听到泰山下火车奔驰的声音，尤其在深夜……”这个做母亲的几乎哭出来了。

山路非常幽邃，树树树，草草草，如此而已。住天师洞，却又遇到一个北方的出家人，他名叫李琳，他予我们以周至的招待。

五

“我嘛，我的事情可真是一言难尽了。”吃过晚饭之后，道人李琳把我们安置在一座廊房里，点上了灯，开始谈了起来。“不要看我是个出家人，我戴了道冠，穿了道袍，但我还是我；人生一世，也不过糊弄着生活而已，何况是这个年头儿。我把人世间的事情都阅历尽了……我从三岁就生病，有多少次几乎要死，真也把父母的心操烂了，直到十八岁我才健康起来，于是人世间一件不可避免的事情便来麻烦我——我的父母要我结婚——媒人不断地向我家大门里跑，但跑来跑去都是徒费唇舌，一连订过十几次婚，我都不曾答应、我都拒绝了，我就对我的老人家说：‘不行啊，我身子不好，不应当成婚来自促年寿，而且我自己还顾不过我自己来，我怎么能够成家立业呢！’这当然很伤父母的心。到了十九岁，老人家无可如何，偷偷地给我订了一门亲事，到我二十岁的时候我就从家里逃了出来。年轻人真是什么都不在意——你说那时候我怎样走的？我带了二百文钱，一身单衣服，还有一方手帕——我到了北京，在那里我投了军队。从此以后，我就走遍了天涯海角……我刚离家的时候还曾经给老人家写过信，但以后就没有信了，家里来信我也不回；我是插了翅子的漫天飞，再有家信我也看不见了。我这样闯了足够十年，我居然也做了军官，但是我的志气从此也就尽了——我觉得一切都没有意思，闯来闯去不过如此，不过是自家人相杀相砍！七年前我来到了四川，从此我就脱了军服，换上道服。可是现在，现在是打日本了，我的心仿佛又动了一下——我想我还是可以做点事的——过去的朋友也有劝我下山的，可是我终究不曾下山。入山以来，对于世事本来不大关心，不过偶然听到一点——都不如意，都不如意！……不用说别的，就说这里许多人不能吃苦耐劳，勤俭治家，却是吃喝嫖赌吹。尤其是吹，把宅子地都吹到烟枪里去了——没有钱就饿着肚子看屋梁，一有几个钱就大口吃猪肉；猪肉不加盐，却吃甜的，吃甜肉——从这一点就可以知道了，这算什么风气……”

他谈到九点钟才回去。他临去时外面已下起大雨来。他又说：“假如不下雨，夜里可以听呼更鸟，它每过一更就叫一次。它像画眉那么大，头像夜莺；叫的声音不大，然而听得远，五里以外听得到，远而又清……”

我们听着雨声，各自入睡。

六

大雨下了一夜，自然不曾听到呼更鸟。早晨五点钟就被钟鼓之声惊醒，起床之后就去看道士们念经。他们自己说这是他们的功课，其实这种必修课却已成了表面工作，他们的正事是招待来宾，其事业与旅馆中人相同。同伴都未起，我乐得一个人冒雨看山。我去看过了银杏、歧棕、降魔石，由上天梯到息心亭。早饭后雨仍不止，乃购草鞋，脱大衣，右手扶杖，左手打伞，独出山后门。先至朝阳洞，返至祖师庙，下至偏桥，看掷笔槽——我在这里有颇久的凝思，这一笔真叫我佩服极了。我一个人继续向前走，向前走，我不知道走到什么地方去了。上边，上边当然是天，但我看不见；看见的只是云和树，听见的只是风声、雨声、山洪声，偶尔有几阵幽深的啸鸣，真如远山中传来野兽的吼叫。向下看，那才真算奇怪：山下边是一地黄金，不，是一地阳光。然而下着雨哪里来的阳光？原来是一地菜花。一个人也没有，静极了，我多少有点儿恐惧之感。当我回到天师洞时，雨也渐止了；于是又邀着同伴仍由原路上山，但是这一来，我已经不新鲜了。“唉，你这家伙，你自个儿把好风景都看完了，再让我们来看！”那个不敢走索桥的同伴这样说。自然，此刻我可以指指点点，仿佛这青城山就是我家中物了。到上清宫，看天师池、麻姑潭、鸳鸯井，又看了张大千的画室。“住在山里画山，这真不错，可是，到底是真山真水好呢？还是画中的山水好呢？”那个同伴忽然又发出这样的问题。我本来应当再到长生宫去拜别那位朋友太太，但下得山来，才知道归路已非来路。

“我们算游过了青城，”我说，并接着问那个有趣的同伴道，“你觉得青城怎样？”“怎样？”他有点不屑的语气，“还不是那么一回事，什么名胜古迹的，譬如天师池、麻姑潭之类，也不过两个水坑——俺家大门口就有那么两个，小时候时常光了屁股下去，学打澎澎。”

坐在滑竿上，我们都沉默着。而我则一心听着滑竿夫的谈话。我们的劳动者之喜欢讲话，而且讲得那么有道理，有时是极有风趣，常常使我佩服。一个说：“往年子，四川省大饥荒，军队吃饭都不敢开大门，作啥子？怕抢啊，老百姓见军队吃饭就要抢；军队吃饭不但关着门，还加了岗，自然更不敢吹号。那时候老百姓为了吃饭都乐意投军。今年子，打国仗啦，老百姓可又糊涂了；只要在家有点饭吃，就不愿投军了。”又一个说：“今年子粮食硬是贵，老百姓也不是不苦，可是酒房里还在烧酒！把烧酒的粮食当饭吃，那有多好，听说政府要禁酒了！”我听了这话，心里一笑，我不觉地看了看我那个有趣的同伴，显然他也听到这禁酒的话了，他低声说：“啥子，不烧酒老子喝什么？”过河的时候，一个卖蒜苗的在船上兜生意，买者说：“要给够啊，称得高高的。”卖者说：“啥子话呀，同船过渡，五百年修，哪个还在船上昧良心。如今实行度量衡了，新生活，简单，朴实，正确……”这些人都很可爱。

草鞋、布鞋、两双袜子，都湿透了，天也晴了，我们迎着第一颗明星进了灌县城，想道：假如今夜仍在山上，就可以看见神灯了。

第二天早晨，我们很早就向回成都的路上出发。离开城，我们回头来向青城告别，城头上“雄震都江”四个大字使我延伫了一会儿，于是也看见了远山上的白雪。晚间在成都旅馆里听人谈，从前有人独登青城，几乎被豹子吃掉，险得很。

七

“这也是殖民地现象之一，明明是汽车路，却跑着人力车。”当我们离开成都，迎着朝阳向归路进发时，一个同伴这样说。

拉车的像抬滑竿的一样，都很喜欢讲话，而且讲得很可爱。他们从自己的家事，讲到国家大事，尤喜欢讲有趣的故事。一个车夫讲了一个“杂拌烟的故事”。他说，一个庄稼人去看戏，他一面看戏，一面吸着香喷喷的杂拌烟。他旁边一个老头儿，穿着庄稼人的衣服，却并不像一个庄稼人，那老人看他吸完一袋烟，便向他借烟，他给了。那老人却贪得无厌：借一袋，又一袋，借一袋，又一袋。可是这个庄稼人却一点也不恼，只是客气地给。那老头临去时问他的姓名居处，他自然也告诉了。第二天他们的柴门外边忽然来了官差。他同他的老婆都慌了，以为自己并未犯罪，为什么会来官差呢。不料却是皇上的圣旨来调他。他去了，一看，吓，万岁皇爷却正是那个借烟的老头儿——他当然是做大官了。唉，我听了这故事也非常赞叹。老百姓生活太苦，而又过分忠厚，便只好做着这样的美梦。我想他们一定很惋惜，惋惜现在已没有了那样的皇帝——假设有，他们也许有一个被借杂拌烟的机会，然而现在是不行了——我们的人民就是如此，这是一面。另一面就是无可如何的“乐天知命”，这种可爱的情形实在也极其可怜。你以为他们很苦，他们诚然也苦，然而他们却表现得很乐。他们说怎样喝酒，怎样吃肉，赚多少钱，拉几天车就要耍一天。他们有一种极可爱的风趣，而他们的天性之醇厚也助成他们这种风趣。看看天色就要黑了，然而我们还不见中途那座可以宿夜的城。等忽然转一个弯儿看到城墙，一个车夫骂道："老子四天不见你，你就跑了？老子要打你！"你，你是谁呢？原来就是那座城。

夜里下了雨。第二天早晨我们就在雨中进发。

虽然是在雨中，农人们还在工作着，而且是不蓑不笠地工作着。

牛在拉着犁，水车在吱吱地响，推车的，挑担的……在雨中，一切如常。

水田平明如镜，绿鲜鲜的春草给这些明镜镶上了框子。绿肥发散着可爱的臭气，什么地方又送来阵阵的花香。

当车夫看见一个农妇也在水田中冒雨工作的时候，他在得意地调笑了："下雨也舍不得休息一天……没有米饭，吃稀饭；没有稀饭，吃红薯；没有红薯，你不会向家里拿一个？"

他们对于公路上的里程碑熟悉极了："到罗江城还有几十个桩桩。""九十公里的桩桩在东门外的桥下。"我觉得这很好玩，他们大概像教作文的先生改卷子一样，过一个桩桩和阅完一本卷子一样是一个天大的喜悦。

雨停了。我们又行过那覆车的地方。那里没有车，也没有人，那里只有泥泞，有被雨水打湿了的飞不动的纸灰；而水上，水上还漂着一层汽油，在阳光的映照下，显出五颜六色，像片片极轻极薄的彩绸。范没有和我们同时归来，假使来了，我就要指点给他那个地方：那边，在水塘的彼岸……

回到学校，有人问："青城山风景可好？"

"很好，"我说，"我就讲给你们听吧。青城山，那是道教的胜地，有降魔石，张天师降魔，一剑把一个山头劈作了三瓣。这个不足为奇，我要说的是掷笔槽——唉，这是我游青城的惟一心得——张天师坐在万丈山崖，降魔已毕，把朱砂笔向山头一摔，一声霹雳，那万丈山崖便忽然而开，从山顶一直裂到山根，并不宽，但极深；那石罅两旁都是林莽丛茂，只有那石罅中黑洞洞的，寸草不长。唉，

附　录

一、花　潮

昆明有个圆通寺。寺后就是圆通山。从前是一座荒山，现在是一个公园，就叫圆通公园。

公园在山上，有亭，有台，有池，有榭，有花，有树，有鸟，有兽。

后山沿路，有一大片海棠，平时枯枝瘦叶，并不惹人注意，一到三、四月间，正是花团锦簇，变成一个花世界。

这几天，天气特别好，花开得也正好，看花的人也就最多。“紫陌红尘拂面来，无人不道看花回。”办公室里，餐厅里，晚会上，道路上，经常听到有人问答：“你去看海棠没有？”“我去过了。”或者说：“我正想去。”到了星期天，道路相逢，多争说圆通山海棠消息。一时之间，几乎形成一种空气，甚至是一种压力，一种诱惑，如果谁没有到圆通山看花，就好像是一大憾事，不得不挤点时间，去凑个热闹。

星期天，我们也去看花。不错，一路同去看花的人可多着哩。进了公园门，步步登山，接踵摩肩，人就更多了。向高处看，隔着密密层层的绿荫，只见一片红云，望不到边际，真是：“寺门尚远花光来，漫天锦绣连云开。”这时候，什么苍松呵，翠柏呵，碧梧呵，修竹呵……都挽不住游人。大家都一口气攀到最高峰，淹没在海棠花的红海里。后山一条大路，两旁，四周，都是海棠。人们坐在花下，走在路上，既望不见花外的青天，也看不见花外还有别的世界。花开得正盛，来早了，还未开好，来晚了，已经开败。“千朵万朵压枝低”，每棵树都炫耀自己的鼎盛时代，每一朵花都在微风中枝头上颤抖着说出自己的喜悦。“喷云吹雾花无数，一条锦绣游人路”，是的，是一条花巷，一条花街，上天下地都是花，可谓花天花地。可是，这些说法都不行，都不足以说出花的动态。“四厢花影怒于潮”“四山花影下如潮”，还是“花潮”好。古人写诗真有他的，善于说出要害，说出花的气势。你不要乱跑，静下来，你看那一望无际的花，“如钱塘潮夜澎湃”，有风，花在动，无风，花也潮水一般地动，在阳光的照射下，每一个花瓣都在它自己的阴影，就仿佛多少波浪在大海上翻腾，你越看得出神，你就越感到这一片花潮在向天空向四面八方伸张，好像有一种生命力在不断扩展。而且，你可以听到潮水的声音，谁知道呢，也许是花下的人语声，也许是花丛中蜜蜂嗡嗡声，也许什么地方有黄莺的歌声，还有什么地方送来看花人的琴声，歌声，笑声……这一切交织在一起，再加上风声，天籁人籁，就如同海上午夜的潮声。大家都是来看花的，可是，这个花到底怎么看法？有人走累了，拣个最好的地方坐下来看，不一会，又感到这个不够好，也许别个地方更好吧，于是站起来，既依依不舍，又满怀向往，慢步移向别处去。多数人都在花下走来走去，这棵树下看看，好，那棵树下看看，也好，伫立在另一棵树下仔细端详一番，更好，看看，想想，再看看，再想想。有人很大方，只是驻足观赏，有人贪心重，伸手牵过一枝花来摇摇，或者干脆翘起鼻子一嗅，再嗅，甚至三嗅。“天公斗巧乃如此，令人一步千徘徊。”人们面对这绮丽的风光，真是徒唤奈何了。

老头儿们看花，一面看，一面自言自语，或者嘴里低吟着什么。老妈妈看花，扶着拐杖，牵着孙孙，很珍惜地折下一朵，簪在自己的发髻上。青年们穿得整整齐齐，干干净净，好像参加什么盛会，不少人已经穿上雪白的衬衫，有的甚至是绸衬衫，有的甚至已是短袖衬衫，好像夏天已经来到他们身上，东张张，西望望，既看花，又看人，洋气得很。青年妇女们，也都打扮得利利落落，很多人都穿着花衣花裙，好像要与花争妍，也有人擦了点胭脂，抹了点口红，显得很突出，可是，在这花世界里，又叫人感到无所谓了。很自然地想起了龚自珍的《西郊落花歌》中说的，“如八万四千天女洗脸罢，齐向此地倾胭脂”，真也有点形容过分，反而没有真实感了。小学生们，系着漂亮的红领巾，带着弹弓来了，可是他们并没有射击，即便有鸟，也不射了，被这一片没头没脑的花惊呆了。画家们正调好了颜色对花写生，看花的人又围住了画花的，出神地看画家画花。喜欢照相的人，抱着相机跑来跑去，不知是照花，还是照人，是怕人遮了花，还是怕花遮了人，还是要选一个最好的镜头，使如花的人永远伴着最美的花。有人在花下喝茶，有人在花下弹琴，有人在花下下象棋，有人在花下打桥牌。昆明四季如春，四季有花，可是不管山茶也罢，报春也罢，梅花也罢，杜鹃也罢，都没有海棠这样幸运，有这么多人，这样热热闹闹地来访它，来赏它，这样兴致勃勃地来赶这个开花的季节。还有桃花什么的，目前也还开着，在这附近，就有几树碧桃正开，“猩红鹦绿天人姿，回首夭桃惝失色”，显得冷冷落落地待在一旁，并没有谁去理睬。在这圆通山头，可以看西山和滇池，可以看平林和原野，可是这时候，大家都在看花，什么也顾不得了。

看着看着，实在有点疲乏，找个地方坐下来休息一下吧，哪里没有人？都是人。坐在一群看花人旁边，无意中听人家谈论，猜想他们大概是哪个学校的文学教师。他们正在吟诗谈诗：

一个吟道：“泪眼问花花不语，乱红飞过秋千去。”

一个说：“这个不好，哪来的这么些眼泪！”

另一个吟道：“一片花飞减却春，风飘万点正愁人。”

又一个说：“还是不好，虽然是诗圣的佳句，也不好。”

一个青年人抢过去说："'繁枝容易纷纷落，嫩蕊商量细细开'，也是杜甫好不好？"

一个人回答："好的，好的，思想健康，说的是新陈代谢。"

一个人不等他说完就接上去："好是好，还不如龚自珍的'落红不是无情物，化作春泥更护花'，有辩证观点，乐观精神。"

有一个人一直不说话，人家问他，他说："天何言哉，四时兴焉，万物生焉，天何言哉。桃李无言，下自成蹊。你们看，海棠并没有说话，可是大家都被吸引来了。"

我也没有说话。想起泰山高处有人在悬崖上刻了四个大字："予欲无言"，其实也甚是多事。

回家的路上，还是听到很多人纷纷议论。有人说："今年的花，比去年好，去年，比前年好，解放以前，谈不到。"

有人说："今天看花好，今夜睡梦好，明天工作好。"

有人说："明天作文课，给学生出题目，有了办法。"

有人说："最好早晨来看花，迎风带露的花会更娇更美。"

有人说："雨天来看花更好，海棠著雨胭脂透，当然不是大雨滂沱，而是斜风细雨。"

有人说："也许月下来看花更好，将是花气氤氲。"

有人说："下星期再来看花，再不来就完了。"

有人说："不怕花落去，明年花更好。"

好一个"明年花更好"。我一面走着，一面听人家说着，自己也默念着这样两句话。

春光似海，

盛世如花。

一九六二年四月

——原载 1962 年 5 月 26 日《人民日报》

二、李广田年谱

1906 年　一岁

10 月 1 日生于山东省邹平县草庙头村一户农民家庭里。父亲王稚泉，识字很少，年轻时候做过木匠，中年以后完全务农。母亲不识字，除操持家事外，农忙时也到田间工作。他们终年忙碌，极少闲暇，非至农事十分紧急时，也绝不雇用短工帮忙。他们都是典型的北方农民：忠厚，朴讷，勤劳，节俭，有病不请医生，受欺不敢反抗，除非喜庆丧亡，乡党邻里都很少来往。自给自足，与世无争，这是他们的生活理想。

李广田排行第四，取名锡爵。长兄王锡公、二哥王锡侯、三哥王锡伯。

因家境贫寒，不满周岁，便被“借”给中年无子的舅父，过继为子，改姓李，名广田。

1913 年　七岁

入家塾，由祖父教识字。

1914 年　八岁

入村中私塾。读《三字经》《弟子规》等。

1915~1921 年　九至十五岁

在村中读初级小学。

1921~1923 年　十五至十七岁

在邹平县（原齐东县）城读县立师范讲习所，未至毕业，即到第三高等小学读书。

“在这一阶段，给我影响较深的有下列两方面：（1）我的父亲母亲都是忠厚老实的农民，生活不好，在政治上，他们受着富豪当权派的压迫；在经济上，又往往受着流氓恶棍的敲诈，这就是我的家庭的社会地位，再加以我是异姓过继了来的，在人们眼中也有一些轻蔑的看法。我的童年就是在这样一种屈抑的心情中度过的。（2）当我在高等小学读书的时候，有一位姓时的先生教我们国文，他是一个小道学先生，又兼学佛法，他向我们灌输了一些昔圣先贤的道理，他想把我培养成一个小道学先生，当我在县立师范讲习所读书时，也不过十五六岁，我居然喜欢了梁漱溟所讲的《孔颜乐处》，可见我当时已受了很深的毒害。

以上两种影响，使我的幼年既不像幼年，少年不像少年，我变成了一个人人称赞的‘老成持重’的人”。①

1923 年　十七岁

考入济南省立第一师范学校，与邓广铭、臧克家同班。“不料在这里却又遇到了那位理学先生，他恰巧又来教我的国文了。他确是一个很好的教师，他的忠诚俭朴，尤其给青年人以很好的影响，然而他也有极大的缺点，那就是反对科学或蔑视文学，他说科学知识都是外在的，非性命中根本事物，故不重要，而文学又是感情的事物，是玩物丧志之类的东西，当然更看不起，他认为人生应先立乎其大者。这两者对于我都发生了坏的影响；我直觉地相信，我对于科学是有相当兴趣的，尤其是生物学，从天资方面看，我相信文学

①1956年5月6日写的一份自传底稿。

与我尤其接近，然而由于这位老师的长期教导，科学与文学两方面的兴趣都被压抑了，我的功夫都用在克己反省上，而且除了儒家以外，这时候还添了一点佛家的影响，这两种教育都是叫人内向的，收敛的，然而那时候正当青年时期，生命力正该向外发扬，我用力愈甚，痛苦愈深，终于酿成了一场大病。病愈之后，我仿佛刚刚蜕变出来的蛾子一般，觉得轻松愉快，而且觉悟到：青年人本是纯洁的，实在用不到那一套修养功夫，与其那样无故地克制自己，反不如放任自己更合理些。这以后才把兴趣转到文学方面来了。”①

1926 年　二十岁

“我接受了新文学，也接受了新思想，当时当然还谈不上什么政治意识，但被政治斗争的形势所鼓动，我于一九二六年加入了共产主义青年团的地下组织，但也终于因为我缺乏认识，半年之后我又请求退出了组织，我还记得我所提出的理由是：我要搞文学，我感到革命与文学有矛盾，所以非退出不可。当时的领导同志曾教育我，搞文学也要搞革命文学，那就没有什么矛盾了。无奈我是不懂得这个道理的，等我后来懂得了这个道理时，我已经走了很长一段弯路。”②

7 月　北伐战争开始。

李广田在《自己的事情》中说：“我先是写诗，在中学时代已写了很多，订了若干小册。”二十世纪八十年代从邹平县发现一本李广田的手抄诗稿，估计为此“若干小册”之一，题名《向往的心》，署名曦晨，共收诗四十四首，分为三辑，篇目如下：

第一辑《夕阳里》，收诗二十三首：《夕阳里》《寂寞》《今夜》《酒馆里》《春天》《春之魔》《晴朗的初春》《墓》《希望》《？》《无题》《是春天了》《丁香》《俺的春天》《途中》《莫非…》《落日》《嘆，一

①李广田：《文艺书简》，开明书店1949年版。

② 1956年5月6日写的一份自传底稿。

群猪子!》《盲笛》《追悼》《雨》《送珊》《落叶》。

第二辑《父母与沙原》，收诗七首:《父母与沙原》《故都》《这时候》《风雨时节》《给——》《如是我歌》《贪望的孩子》。

第三辑《向往的心》，收诗十四首:《向往的心》《希望之花》《静静地》《天上人间》《期待》《桃花落了》《感谢》《车中》《秘密的抽屉》《黄昏》《寄——》《离散之前》《一片落叶》《愿——》。

其中有六首即《寂寞》《酒馆里》《夕阳里》《向往的心》《丁香》《俺的春天》后来发表于《华北日报》副刊，其余三十八首均未见发表过，这本手抄诗稿的写作时间估计在 1925~1929 年间。

1927 年　二十一岁

“为了读书的便利，也为了使同学们便于获得新书，我们几个同学在校内办了一个‘书报介绍社’，专从上海北京等地赊购语丝社、创造社等出版的新书，这一工作在学校确起了推广新文学新思想的作用。”①

1928 年　二十二岁

北伐军节节胜利，工农革命高涨，帝国主义及其卵翼下的各军阀势力都十分恐慌。三月，济南发生暴动案，邮电检查制度更为严酷。李广田的“书报介绍社”所购新书中有《文学与革命》若干册，被山东督办张宗昌的特务查获，书未到手，二十六日，李广田被捕入狱，在狱四十余日，受尽酷刑。他的父亲卖掉祖传的林木和果园，也未能将他赎出。五月，蒋介石在美帝国主义支持下，北上攻打奉系军阀张作霖，日本帝国主义为阻止英美势力扩张，借口保护侨民，出兵占领济南。当蒋介石、冯玉祥的军队开进济南后，日军开枪打死我五千军民，这便是历史上的“五三”惨案。张宗昌一看大势不好，连夜逃出

①1956年5月6日写的一份自传底稿。

山东。由于政局的变化，李广田于一夜枪声中复得自由。

出狱后，李广田回到家乡，方知由于自己的不幸已连累家庭，未能久住，便到山东北部的陵县教小学，后又转至曲阜第二师范附小教书。一面教书，一面复习功课。

1929 年　二十三岁

3 月作散文《狱前》。

夏，考入北京大学预科。

1930 年　二十四岁

2 月，诗《寂寞》《酒馆里》发表于 27 日《华北日报》副刊，署名曦晨。

3 月，诗《夕阳里》发表于 5 日《华北日报》副刊，署名曦晨。

诗《向往的心》发表于 6 日《华北日报》副刊，署名曦晨。

4 月，散文《狱前》发表于《未名》半月刊终刊号。

11 月，散文《秋天》发表于 18 日《华北日报》副刊，署名曦晨。

12 月，小说《狗之一生》于 29~31 日《华北日报》副刊连载，署名曦晨。

1931 年　二十五岁

结束预科的学习，正式进入北大英文系学习。

1 月 2 日，作散文《牧野》。

2 月，散文《黎明的悲剧》发表于 9 日《华北日报》副刊，署名曦晨。

4 月，散文《牧野》发表于《华北日报》副刊，署名曦晨。

5 月，诗《异乡》《丁香》发表于 1 日、10 日《华北日报》副刊，署名曦晨。

6月，诗《俺的春天》发表于20日《华北日报》副刊，署名曦晨。

8月，诗《归梦》发表于17日《华北日报》副刊，署名曦晨。诗《在这夏天》发表于24日《华北日报》副刊，署名曦晨。诗《秋的歌者》发表于28日《华北日报》副刊，署名曦晨。

9月，作诗《秋的味》。

10月，诗《秋的味》发表于8日《华北日报》副刊，署名曦晨。

11月，作诗《唢呐》。

约在这一年，"一次偶然的事件，我竟然又遭了一次缧绁之苦"①，即指给北平农大的朋友贾慎修送衣物，贾遭反动当局逮捕，李广田也被牵累，后被保释出狱，"正如一个小树叶偶然地被卷入了风暴之中一样，这正好说明了时代的性质，和我自己存在的性质。"②

1932年　二十六岁

9月，散文《悲哀的玩具》《雉》发表于《现代》一卷五期。

10月，诗《乡愁》发表于《现代》一卷六期。

本年作诗《麦冬草》《秋行》。

1933年　二十七岁

1月1日，所办同人刊物《牧野》旬刊出版，诗《沉思——读A.Moravov的图画》发表于第一期，署名洗岑。

4日，作诗《行云》。

11日，诗《行云》发表于《牧野》第二期，署名洗岑。散文《雪浪》发表于同期，署名望之。

21日，散文《投荒的歌》发表于《牧野》第三期，署名洗岑。后收入《画廊集》时，改名《投荒者》。

①李广田：《文艺书简》，开明书店1949年版。

②李广田：《文艺书简》，开明书店1949年版。

2月1日，诗《我们的邻人》发表于《牧野》第四期，署名洗岑。

11日，散文《白蘋湖上的天鹅》发表于《牧野》第五期，署名洗岑。后收入《画廊集》时改名《天鹅》。

21日，散文《黄昏》发表于《牧野》第六期，署名洗岑。

3月1日，散文《在别墅》发表于《牧野》第七期，署名洗岑。

诗《地之子》发表于《新月》四卷六期。

21日，散文《无名树》发表于《牧野》第九期，署名洗岑。

4月1日，诗《麦冬草》发表于《牧野》第十期，署名洗岑。

11日，散文《乞丐》《道旁的智慧》发表于《牧野》第十一期，分别署名洗岑、望之。

21日，诗《秋行》、散文《秋》发表于《牧野》第十二期，分别署名洗岑、望之。

6月1日，诗《天是蓝的》发表于《水星》四卷七期，署名曦晨。

8月28日，作诗《秋灯》。

9月3日，作诗《窗》。

25日，作诗《夜鸟》。

10月20日，作诗《旅途》。

1934年　二十八岁

1月1日，诗《秋灯》《夜鸟》《旅途》发表于《文学季刊》创刊号，署名曦晨。

4日，作诗《访》。

19日，作诗《流星》。

4月1日，诗《访》《流星》发表于《文学季刊》一卷二期。

7月1日，诗《上天桥去》发表于《文学季刊》一卷三期。

8月1日，散文《何德森及其著书》发表于《文学评论》一卷一期。

18日，作诗《老人与海》。

10月10日，散文《种菜将军》发表于《水星》一卷一期。

10月10日，散文《画廊》发表于《水星》一卷二期。

12日，作诗《灯下》。

12月10日，诗《老人与海》发表于《文学季刊》一卷四期。

诗《灯下》发表于《水星》一卷三期。

是年，与何其芳，卞之琳的诗合集《汉园集》结集，交商务印书馆。卞之琳为《汉园集》写下题记："这是广田、其芳和我自己四五年来所作诗的结集，我们并不以为这些小玩意儿自称一派，只是平时接触的机会较多，所写的东西彼此感觉亲切，为自己和朋友们看起来方便起见，所以搁在一起了。我们一块读书的地方叫'汉花园'。记得自己在南方的时候，在这个名字上着实做过一些梦，哪知道日后来此一访，有名无园，独上高楼，不胜惆怅。可是我们始终对于这个名字有好感，又觉得书名字取的老气横秋一点倒也好玩，于是乎《汉园集》。"

1935年　二十九岁

1月10日，散文《过失》发表于《水星》一卷四期。

2月5日，散文《平地城》发表于《文饭小品》创刊号。

10日，作散文《他们三个》。

3月2日，作《画廊集·题记》。

10日，诗《笑的种子》、散文《花鸟舅爷》发表于《水星》一卷六期。

18日，作散文《浪子递解记》。

4月，作散文《桃园杂记》。

10日，散文《浪子递解记》发表于《水星》二卷一期。

5月10日，散文《他们三个》发表于《文饭小品》四期。

散文《桃园杂记》发表于《水星》二卷二期。

13日，作散文《上马石》。

19日，作散文《五车楼》。

6月10日，散文《五车楼》发表于《水星》二卷三期。

16日，散文《老渡船》发表于《文学季刊》二卷二期。

7月，毕业于北京大学外文系。

7日，与王兰馨在北平结婚。王兰馨，广东番禺人，1907年生于一个封建大官僚家庭，父亲是广东巡抚，后到山东任职。1934年毕业于国立北平师范大学国文系。著有词集《将离集》《晚晴集》等，晚年从事唐宋文学研究。他们婚后旅行经天津回济南。

10月10日，译诗《塞姗的幻想》发表于《嘉树》一卷一期。

11月作散文《廊下日记》。

12月10日，译诗《道格拉斯悲剧》发表于《嘉树》一卷三期。

16日，散文《上马石》发表于《文学季刊》二卷四期。

同月译诗《麦格·美勒莱斯》发表于《青年文化》三卷一期。

李广田在总结大学时代的生活时说："为了从事创作，在大学里我入的是外文系，因之受了西方的尤其是浪漫派、象征派之类的影响，又因为自己在思想方面找不到道路，对于现实世界是越来越脱节了，只是过着小圈子主义的生活，朋友少，趣味狭，所读的书也只属于极狭隘的某一小范围，对于鲁迅的小说虽也喜欢，但受影响最大的还是周作人一派所提倡的散文小品。"先是写诗，"诗的内容是空虚的哀伤，散文的内容多是故乡童年的回忆或身边琐事。对于这些东西，当然不自满足，但确乎仿佛有了自己的小天地，因此也就忘了外面的大天地，当我关在书房里捉摸自己的情感和文字时，外面的暴风雨却正在进行着……整个的大学生活，我都在练习写作中度过，大学毕业的一年，也正是我那些贫血的作品开始陆续出版的一年。"①

回济南后任山东省立第一中学国文教员。

①李广田：《文艺书简》，开明书店1949年版。

1936年　三十岁

1月，作散文《柳叶桃》。

3月，诗集《汉园集》由商务印书馆出版，属文学研究会创作丛书之一。内收李广田的《行云集》诗十七首:第一辑,《秋灯》《窗》《旅途》《夜鸟》《生风尼》《流星》《访》;第二辑,《秋的味》《唢呐》《乡愁》《过桥》《第一站》《笑的种子》《地之子》;第三辑,《那座城》《土耳其》《上天桥去》。

同月，散文集《画廊集》由商务印书馆出版，属文学研究会创作丛书之一。内收散文二十三篇:《画廊集》《种菜将军》《秋雨》《记问渠君》《野店》《枣》《投荒者》《黄昏》《秋》《寂寞》《秋天》《无名树》《在别墅》《白日》《父与羊》《小孩与马蜂》《悲哀的玩具》《雉》《蝉》《天鹅》《道旁的智慧》《怀特及其自然史》《何德森及其著书》。附作者《题记》一篇。周作人在为《画廊集》作的序中写道“说到画廊，第一令人想起希腊哲人中间的那画廊派，即所谓斯多噶派（stoikoi）是也。他们的师父是从吉地恩来的什农（zen ō n），因为在亚坡隆庙的画廊（stodpoikil ē ）间讲学，故得此名。吉地恩属于拘布洛斯，也是爱神亚浮洛迭德的治下，这位老师却跑到多猫头鹰的雅典去侍奉智慧，实在是很可佩服的，这派主张顺应自然的生活，而人有理性，其自然的幸福的生活即在具备合理的德性，由聪明以及勇敢中庸公平，达到宁静无欲的境地。……洗岑在集子里原有一篇谈年画的文章，而其艰苦卓绝的生活确也有点画廊派的流风。”李广田在书后的“题记”中说:“我是一个乡下人，我爱乡间，并爱住在乡间的人们。就是现在，虽然在这座大城里住过几年了，我几乎还是像一个乡下人一样生活着，思想着，假如我所写的东西里尚未能脱出那点乡下气，那也许就是当然的事体吧。我喜欢（G.White）喜欢（W.H.Hudson）又喜欢写了《道旁的智慧》的（Martin），我想这原因大概也还是在此。我并不是说我除此而外便什么也不喜欢，实际上是我这点乡下人的气氛时常吸引着我。我知道我这个世界太狭，太小，而又太缺少华丽，然而这个无妨，我喜欢我这个朴野的小天地，假如可能，我愿意我能够把我在这个世界里所见到所感到的都写成文字，我愿意把我这个极村俗的画廊里的一切都有机会展览起来。”

5月1日，散文《廊下日记抄》发表于《绿洲》一卷二期。

7月1日，散文《乡虎》发表于《文季月刊》一卷二期。

10日，作《银狐集·题记》。

8月5日，作散文《成年的悲哀》《生活》。

15日，作散文《扇子崖》。

9月20日，散文《影子的发现》发表于《中流》一卷二期，后收入《雀蓑记》时改名《影子》。

10月1日，散文《成年的悲哀》发表于《文季月刊》一卷五期。

15日，小说《喜鹊》（上）发表于《吾辣》创刊号。

11月，散文集《银狐集》由文化出版社出版，属巴金主编的《文学丛刊》第三辑，收文十七篇：《平地城》《他们三个》《浪子递解记》《桃园杂记》《五车楼》《花鸟舅爷》《过失》《老渡船》《一个好朋友》《银狐》《上马石》《柳叶桃》《看坡人》《乡虎》《生活》《成年》《扇子崖》。作者在书前的《题记》中说：“我觉得我文章渐渐地由主观抒写变向客观的描写一方面”“在十篇小文章中，只有少数几篇不是写‘人’的，而这少数几篇却又并非写我自己，这意思是说：在这些文字中已很少有个人的哀伤，或身边的琐事，从表面上看来，仿佛这里已经没有我自己的存在，或者说这已是变得客观了的东西……我对于我的文章无所谓爱憎，而事实上倒还是憎的分数居多，然而我对我文章中的人物却是爱着”。

12月1日，散文《山水》发表于《文季月刊》二卷一期。

9日，作散文《回声》。

18日，作散文《山之子》。

1937 年　三十一岁

1 月 10 日，诗《颜色》发表于《新诗》第四期。

2 月，作散文《路》。

3 月 15 日，散文《山之子》发表于《文丛》创刊号。

4 月，《银狐集》再版。

15 日，散文《谢落》发表于《文丛》一卷二号。

19 日，作散文《雀蓑记》。

5 月 15 日，散文《雀蓑记》发表于《文丛》一卷三号。

6 月 2 日，作散文《扇的故事》。

15 日，散文《花圈与宝光》发表于《文丛》一卷四

号，后收入《雀蓑记》时分成《花圈》与《宝光》两篇。

7 月 7 日，全面抗战爆发。

15 日，散文《扇的故事》发表于《文丛》一卷五号。

8 月，济南形势危急，随济南一中迁往泰安。

12 月 24 日，在敌机狂炸下离开泰安，率领学生南下，开始流亡生活。

1938 年　三十二岁

流亡途中。

4 月 14 日，在赊镇陕庙参加山东联中庆祝鲁南大胜会。

27 日，始闻赴郧船只覆没，死二十余女生，甚悲愤。

5 月 9 日，读《扫荡报》，见武汉文协讨伐周作人电。

10 日，读《新华日报》，亦载周作人附逆一事并有评论。

11 日，至淅川。

20 日，晚宿梅花堡。

22 日，抵郧阳。

26 日，写诗“惟愿世间完全干枯……”以悼念罹难的二十二名

女生。

6 月 12 日，参加郧县欢迎会。

28 日，为学生讲战时文艺作品，拟大纲。

30 日，草《文艺职工及其工作》的大纲。

7 月 17 日，发起联络四十余人，致电教部，对校长任职望能慎重遴选。

19 日，为学生介绍《闸北打了起来》等作品。

21 日，读《钢铁是怎样炼成的》。

23 日，为学生讲《“无常”的一个思想及其影响》。

28 日写成《悼二十二个女生》一诗。

8 月 13 日为嘉树社草拟演讲大纲，题为《抗战以来的文艺动态》。

14 日，为嘉树社演讲，历时一时半。

9 月 1 日，宋还吾就任校长职。

6 日，为夏省吾题画册，大意是：“忘记了在风景画之外还有风俗画是不行的，高尔基对诗人说的这番话，以之转赠于当代的画家，也许并不如何唐突。省吾兄作画，写景较少，写人物世态为最多，可以说是对于‘人间世’有着热烈的爱而又多方摄取了真实的艺术家。”

宋还吾病故。

7 日，赴宋还吾家吊丧。

10 月 14 日，为将士寒衣捐一日薪。

15 日，读普列汉诺夫《社会科学的基本问题》。

31 日，读完《费尔巴哈论》。

11 月 30 日，为学生讲《差不多与差得多》。

12 月 1 日，离开郧阳。作散文《从黑暗中走开》。

2 日，作散文《警备》。

3 日，作散文《路》《黄龙滩》《古庙一夜》。

4 日，作散文《阴森森的》。
5 日，作散文《威尼斯》。
6 日，作散文《母与子》。
7 日，作散文《冷水河》。
8 日，作散文《乌江渡》。
10 日，作散文《先驱及其他》。
11 日，作散文《养鸡的县官》。
12 日，作散文《忧愁妇人》《来呀，大家一起拉！》《江边夜话》。
14 日，抵安康。
18~19 日，步行一百一十里，抵汉阴。
21 日，抵石泉。
23 日，夜宿西乡县。
25 日，抵城固。
27 日，抵汉中。
29 日，抵褒城之长寨。
30 日，抵新沔县。

1939 年　三十四岁

1 月 1 日，行三十里至宽川铺，入深山，晚抵宁羌。
3 日，至教场坝。
18 日，抵剑门。
19 日，抵剑阁县。
20 日，行八十里，抵武连驿。
21 日，雨中乘滑竿抵梓潼。
22 日，行六十里抵魏城。
23 日，抵绵阳。
26 日，抵罗江。
2 月 17 日，对学生讲“成都见闻”。

18 日，作散文《力量》。

19 日，抄写散文《路》《黄龙滩》。

3 月 1 日，散文《力量》发表于《笔阵》第二期。

2 日，读《被开垦的处女地》。

16 日，作散文《圈外》。

4 月 5 日，写散文《白河》。

15 日，写散文《回声（二）》。

16 日，散文《圈外》发表于《笔阵》第四期。

17 日，陈翔鹤应邀到校任职。

26 日，创办刊物《锻冶厂》。

5 月 6 日，始拟《锻冶厂》发刊词，十五日毕，发刊词写道:“对于我们，这伟大的时代正是一个最好的锻冶厂，我们将在工厂中锻冶我们自己。我们一方面要锻冶我们的手艺，希望能为这‘抗战建国’的大时代画一些光荣的记号；一方面更要锻冶我们的整个生命，使我们的力量变得更坚强，更有韧性，以期为国家民族多尽一些应尽的责任。而且，如果我们于经过长期的锻冶之后，能产生出一种较为像样的作品来，那就再好没有了，自然，这也不过是一种愿望。因此，我们就出版了这个刊物——《锻冶厂》。”

散文集《雀蓑记》由文化生活出版社出版，属文季丛书之四，收文十七篇:《雀蓑记》《井》《马蹄》《树》《荷叶伞》《绿》《通草花》《影子》《雾》《山水》《山之子》《回声》《谢落》《路》《花圈》《宝光》《扇的故事》。

28 日，赴成都。

29 日，访方敬、罗念生、曹葆华、肖军等。

7 月 7 日，写散文《谈奉公守法》。

8 日，写论文《旧形式利用——一个名词的商榷》。

12 日，写小说《朝》毕。

18 日，编订《锻冶厂》三期稿。

20 日，读完《士敏土》。

25 日写完散文《火》，后改题《在黑暗中》。

8 月 2 日，编完《锻冶厂》第四期。

6 日，方敬应邀来校。

9 月 13 日，读苏联文艺理论家季莫菲也夫的《怎样创造文学的形象》，开始接触到恩格斯论现实主义的理论。

21 日，读潘菲洛夫的《布罗斯基》。

11 月 3 日，编完《锻冶厂》第七期。

18 日，作诗《消息》。

25 日，作诗《写在老人的胡子上》。

12 月 5 日，作诗《红叶》。

23 日，见沙汀。

27 日，作诗《灯光》，后题《我们在黑暗中前进》。

12 月 28 日，诗《写在老人的胡子上》发表于《国民公报·文群》副刊。

李广田在总结这段生活时说："由于抗战，这才打破了小圈子生活，由于抗战，我才重新建立新的生活态度。抗战前期，我带了学生流亡，在长途跋涉中，看到了政治的败坏，人民的痛苦，而青年的进步之快简直令人惊讶，这时候已经不是先生领导学生，实际上是学生领导先生了。以后在大后方安定下来，虽然还是过学校生活，但一切也完全变了，学生们在校外开展救亡工作，在校内也展开了学习运动，思想斗争更是日趋尖锐化。在工作中，我感到了无上的快乐，因为我同青年人紧紧地结合在一起，我们共同生活，把流亡学校造成了一个战斗的堡垒，这时候，对于政治问题，才有了更进一步的认识，对于文学，也确定了新的观点。"[1]

①李广田：《文艺书简》，开明书店1949年版。

1940 年　三十四岁

2 月 1 日，作诗《雪》。

11 日，作散文《江城半日记》。

3 月 28 日，赴青城游。

5 月 1 日，散文《写在〈泰和宜山会语合刊〉的空白上》发表于《笔阵》新一卷二期。

10 日，作散文《回声（三）》，收入《日边随笔》时改名《书简（一）》。

30 日，准备演讲《文人之穷》的提纲。

6 月 13 日，编完《锻冶厂》十期。

18 日，作散文《回声（四）》，收入《日边随笔》时改名《书简（二）》。

7 月 8 日，作论文《活的语言》。

8 月 24 日，作散文《回声（一）》。

9 月 2 日，重读普列汉诺夫《艺术与社会生活》。

16 日作论文《活的语言》发表于《国文月刊》第十五期，收入《创作论》时改名《论语言》。

10 月 1 日，王兰馨携女儿，化装成商人眷属，关山万里，从沦陷区济南，通过日军封锁线，或徒步、或坐车，辗转到达罗江。

1941 年　三十五岁

由于李广田与陈翔鹤、方敬等在学生中传播进步的文艺思想，讲授鲁迅作品及苏俄作品，三人同被解聘。之后，由卞之琳介绍，从罗江至叙永，在西南联大叙永分校教书。半年后，联大叙永分校撤销，迁往昆明总校，在中文系任教。

当时的昆明进步学者荟萃，民主力量空前活跃。

7 月 8 日，作小说《子午桥》。

13 日，作诗《给爱星的人们》发表于同年《中国诗艺》复刊三期。

15 日，作散文《大利西南》。

9 月 6 日，作散文《礼物》。

9 日，作散文《两种念头》。

14 日，作散文《空壳》。

22 日，作散文《悔》。

23 日，作散文《到桔子林去》。

同月开始创作长篇小说《引力》。

10 月 20 日，作散文《根》。

同年着手编写联大中文系文学概论课讲义《文学论》，力图用马列主义观点讲授文艺理论。

1942 年　三十六岁

1 月，散文《大利西南》发表于《西南文艺》第二期。

2 月 14 日，作散文《少年果戈里》。

16 日，散文《青城枝叶》发表于《文聚》一卷一期。

26 日，作散文《回声》。

3 月 15 日，散文《礼物》发表于《文艺杂志》一卷三期。

小说《追随者》发表于《创作月刊》创刊号。

同月，散文集《圈外》重庆国民图书出版社出版，收文十九篇：《从黑暗中走开》《警备》《路》《黄龙滩》《古庙之夜》《阴森森的》《威尼斯》《母与子》《冷水河》《乌江渡》《先驱及其他》《养鸡的县官》《忧愁妇人》《来呀，大家一齐拉！》《江边夜话》《西行草》《圈外》《江城半日记》《青城枝叶》。作者在书前的序中说：“这里所收辑的大都是纪行的文字……就是由郧阳到四川的沿途情形”“这一段完全是走在穷山荒水之中，贫穷，贫穷，也许贫穷二字可以代表一切吧，而毒害，匪患，以及政治，教育，一般文化之不合理现象，每走一步都有令人踏入‘圈外’之感。”“我在痛苦的情绪中走完了这一段路，结果所得的就只是这几篇苦涩的记载……我却在努力从黑暗中寻取那一线光明，并时常想怎样才可以把光明来代替黑暗。”

4 月 15 日，散文《两种念头》《空壳》发表于《创作月刊》一卷二号。

20 日，散文《悔》发表于《文聚》一卷二期。

7 月 15 日，散文《到桔子林去》发表于《文艺杂志》一卷五期。

22 日，作小说《废墟中》。

8 月 15 日，散文《少年果戈里》发表于《创作月刊》一卷三期。

25 日，小说《两老人》发表于《现代文艺》五卷五期。

9 月 7 日，作小说《欢喜团》。

10 月 15 日，散文《根》发表于《创作月刊》一卷四、五号合刊。

小说《废墟中》发表于《人世间》一卷一期。

11 月 26 日，作论文《诗的艺术——论卞之琳的〈十年诗草〉》。

1943 年　三十七岁

1 月 15 日，小说《欢喜团》发表于《文艺杂志》二卷二期。

5 月，散文集《回声》由桂林春潮社出版，收文十六篇：《礼物》《两种念头》《悔》《空壳》《到桔子林去》《根》《一个画家》《少年果戈里》《活的语言》《力量》《民族的颔首》《新人的站起》《回声（一）》《回声（二）》《回声（三）》《回声（四）》。书前有作者序一篇。

20 日，小说《没有名字的人们》发表于《文艺杂志》二卷四期。

7 月 27 日，诗《小盒与小刀》发表于《枫林文艺丛刊》二辑《生活与苦杯》。

8 月 20 日，作《灌木集·序》。

30 日，作《日边随笔（二）》。

9月17日，诗《空明》《早晨》《传记》《丰稔》发表于《枫林文艺丛刊》三辑《云的童话》。

10月，论文《沉思的诗——论冯至的〈十四行集〉》发表于《明日文艺》第一期。

同月，短篇小说集《欢喜团》由桂林工作社出版，收小说六篇：《追随者》《废墟中》《两老人》《欢喜团》《子午桥》《朝》。此书出版不久，桂林即沦入敌手，已成书的《欢喜团》大都毁于炮火。

11月5日，论文《人格与文格》发表于《中学生》11月号。后收入《文学枝叶》时改题为《人格与风格》。

12月3日，作散文《作家生活自述》。

8日，小说《雾季》发表于《文聚》二卷一期，后收入短篇小说集《金坛子》时改题为《没有太阳的早晨》。

同月，论文《论新诗的内容和形式》发表于《文学评论》创刊号。

1944年　三十八岁

1月1日，散文《大利西南》经修改转载于《新文学》一卷二期，改题为《星和女人》。

小说《鹰》发表于《当代文艺》一卷一期，后收入短篇小说集《金坛子》时改题为《冬景》。

5日，论文《中学生的文学修养》发表于《中学生》一月号。

20日，翻译并作读书笔记《论现代散文风格》。

2月，自选散文集《灌木集》由开明书店出版，收文三十六篇：《种菜将军》《野店》《枣》《悲哀的玩具》《雉》《道旁的智慧》《怀特及其自然史》《平地城》《桃园杂记》《花鸟舅爷》《老渡船》《上马石》《柳叶桃》《看坡人》《扇子崖》《井》《马蹄》《树》《荷叶伞》《绿》《通草花》《雾》《山水》《山之子》《回声》《谢落》《宝光》《扇的故事》《威尼斯》《冷水河》《江边夜话》《礼物》《两种念头》《悔》

《到桔子林去》《一个画家》。作者在书前的序中说："时间过得真快，计算起来，我已经有将近十年的习作过程，为了把这一个段落作小小结束，我编成这个选集。……我常常在私心里藏着这样一个比喻：比之于那高大而坚实的乔木，我这些小文章也不过是些丛杂的灌木罢了。灌木是矮矮的，生在地面，春来自生，秋来自枯，没有矗天的枝柯，也不会蔚为丰林，自然也没有栋梁舟车之材，甚至连一树嘉荫也没有，更不必说什么开花与结果。顶多，也不过在水边、山崖、道旁、冢畔，作一种风景的点缀，可以让倦飞的小鸟暂时栖息，给昆虫们作为住家而已。我想，我这些文章也不过如此罢了，因名曰《灌木集》。"《灌木集》可看作是作者对自己走上文学道路第一个十年的段落总结。

本月，作论文《论中学国文以文艺性的语体文为主要教材》，发表于《国文月刊》第三十一至三十二期合刊。

4 月 1 日，散文《作家生活自述》发表于《当代文艺》一卷四期。

5 月，增补为昆明文艺界抗敌协会理事。

4 日，在西南联大五四文艺节大会上作题为《鲁迅的杂文》的演讲。朱自清、闻一多、罗常培、杨振声、冯至、卞之琳均到会。

10 日，作论文《诗人的声音——论方敬的〈雨景〉与〈声音〉》。

30 日，作散文《说吃》。

31 日，作散文《分担》。

6 月 2 日，作散文《这是我的》。

20 日，作散文《建筑》。

7 月，中华全国文艺界抗敌协会总会发起募捐救济贫病作家运动。时文协总会总务部主任老舍曾致函在昆明的李何林，希望文协昆明分会给予响应。

9 月 13 日，《云南晚报》杂文副刊《夜莺》全文发表老舍致李何林的信。

15日，作论文《论身边琐事与血雨腥风》。

17日，昆明文艺界抗敌协会召开第四届全体会员大会，包括各界来宾共到百余人，讨论响应筹募援助贫病作家基金等议案，改选出理事、副理事闻一多、楚图南、李何林、李广田等近二十人，并召开新理事、监事会议。[1]

21日至12月23日，完成《创作论》十篇。

22日，文协总会致函昆明分会，称“际此抗战进入最艰苦时期，‘荒淫无耻’与‘庄严工作’之分，界限更明显，贵分会于此时召开全体会员大会，必可发展西南新文艺运动，振奋人民大众精神，更坚强‘庄严工作’阵线，促使抗战胜利民族解放之时加速到来，为此特致函祝贺！”

26日，《云南日报》全文刊登文协总会致昆明分会祝贺函，并称“文协昆明分会于十七日开会，改选理监事及讨论各种提案极为热烈”。昆明文协分会在抗战最后两年中积极开展工作，在西南联大、云南大学进步学生团体及进步群众的支持下，配合全国抗日救亡、反倒退、反内战的民主运动，发挥了很大的作用。他们经常举办各种讲演会、文艺晚会、报告会，宣传反蒋、反内战、反倒退、强烈要求民主，李广田积极参与这些活动。

10月2日，西南联大《新苗》壁报出刊，任导师。

同月，论文《中学国文程度低落的原因及其补救办法》发表于《国文月刊》二十八、三十合刊。

11月8日，作论文《人民自己的文学》。

同月，参加《国文月刊》编辑工作。

12月5日，散文《说吃》《这是我的》《建筑》《一粒沙》发表于《时与潮文艺》四卷四期。《这是我的》后收入《日边随笔》时改题为《他说，这是我的》。

①《云南日报》，1944年9月18日。

同月，文艺评论集《诗的艺术》由开明书店出版，收文五篇：《论新诗的内容与形式》《诗的艺术——论卞之琳的〈十年诗草〉》《沉思的诗——论冯至的〈十四行集〉》《诗人的声音——论方敬的〈雨景〉与〈声音〉》《树的比喻》，作者在书前的序中写道："今天的出版界诚然热闹，但摆在读者面前的却正如一支缩口的布袋，里面既有羊枣，也有羊矢，既有珍珠，也有鱼目，有多少只生疏的手就在这布袋里摸索，暗中摸索既已很少把握，摸出来看过了也还难免不识货色。这就是批评在今日之所以重要的原因。我说这话，并不是说我自己可以当批评家之重任，或者说我写的这点东西就算是文学批评，不是的，我只是感到批评之重要，并愿尽自己的微力以引起一点注意。我相信我永以谦虚的态度读书，并以谦虚的态度立论，现在也以更谦虚的态度贡献这本小书。……最好的批评也应当是创作。是应当的，然而并不是我所能做到的，这只是我的一种理想，一种希望中的境界。"

《诗的艺术》是李广田的第一本评论集，从此他对文学评论投以极大的注意力，并力图实践自己所说的"最好的批评也应当是创作"。

1945 年　三十九岁

春，联大文艺社成立，任导师。

2 月，《诗文学》二辑《诗人与诗》转载论文《诗人的声音——论方敬的〈雨景〉与〈声音〉》。

15 日，小说《饥饿》发表于《青年文艺》新一卷六期，后收入《金坛子》时改题为《吃石头的人》。

3 月 18 日，作剧评《看〈离离草〉》。

同月，论文《论中学国文教材中的学术文》发表于《国文月刊》第三十三期。

4 月，论文《论中学国文教材中的应用文》发表于《国文月刊》第三十四期。

5月4日，主持西南联大“五四”晚会并作题为《论文学的普及与提高》的演讲。朱自清、闻一多、罗常培、吴晗等均到会。

23日，作论文《谈报告文学》，并为冬青社作同名演讲。

同月，诗《山色》《城市的繁荣》《两条腿》《古国的传说》发表于《诗文学》二辑《为了面包与自由》。

6月4日，作短论《谈诗歌朗诵》。

11日，《世界文艺季刊》一卷一期编讫，撰写编者前言。

18日，联大召开“纪念高尔基逝世九周年晚会”李广田在会上作《关于高尔基》的演讲。

7月5日，论文《〈人民是不朽的〉》发表于《文哨》一卷二期。

7日至8月11日，长篇小说《引力》完稿于昆明郊区呈贡县斗南村。这部小说自1940年7月开始写成3章后，辍笔4年，此次续写完稿时，已经传来日本投降的消息。

12日，“雇人挑了简单的行李，冒着微雨，走过那一段颇长的泥泞道路，搭火车回昆明去了。”①小说《引力》虽已完稿，但“因为我的幻灭之感大半由于觉察自己的小说算不得‘创作’，也不过是画了一段历史的侧面，而且又只画得一个简单的轮廓。”②

15日，日本帝国主义宣布无条件投降。八年抗战③胜利结束。

19日，为缪弘遗诗作序。缪弘，江苏无锡人，1927~1945，西南联大外语系学生，曾投军作译员，在对敌作战中牺牲。

同月，与杨振声合编之《世界文艺季刊》创刊号出版，发表小说《活在谎话里的人们》。

9月，论文《文学的内容与形式》发表于《国文月刊》第三十八期。

①李广田：《引力》后记，北京联合出版公司2021年版。

②李广田：《引力》后记，北京联合出版公司2021年版。

③ 原文如此，现应称为“十四年抗战”。——编注

11月，西南联大文艺社编辑发行的铅印刊物《文艺新报》出刊，论文《人民自己的文学》发表在创刊号上。

16日，《文艺新报》第二期设“文艺信箱”，为读者解答文艺理论、文艺思潮、作品内容与形式诸问题，特邀闻一多、李何林、李广田为信箱导师。

25日，西南联大、云大等四院校联合举办时事晚会，反内战、要民主，李广田等赴会。

26日，昆明三万大中学生反内战联合罢课。

29日，《文艺新报》赶出“反对内战支持罢课号外”，第一版第一篇文章即李广田的《关于高尔基》，文前特加“编者按”云：“当法西斯的匪帮被反法西斯的联合阵线打垮了一大半的时候，为了纪念高尔基逝世九周年纪念，李广田先生写下了这篇文章。在这里作者特别强调了，‘文化的主人翁们，站在哪一边？’现在反法西斯的战争虽已完全获胜，但由于美国支持中国内战政策，及隐约间两个阵线的对垒，使我们深切地感到高尔基当年就极清楚地料到的。也正因为如此，李先生才觉得更（有）介绍的必要。在这篇文章里我们定能得到不少的启示的。”

12月1日，国民党反动派一手制造震惊中外的“一二·一”惨案。大批国民党军队和特务暴徒向集会的学生投掷手榴弹，联大学生潘琰、李鲁连，南菁中学教员于冉，昆华工校学生张华昌英勇牺牲。这一血的惨案激怒了千百万群众。

2日，四烈士遗体入殓典礼。“今天‘一二·一’四战士的遗体安详地躺在联大大图书馆内，自中午后，各大中学校教授、教师、同学及各界人士与四烈士的亲友家属，即拥塞在联大校门前，……下午三时，天上布满着愁云，一阵风卷起尘沙，天气突然变冷了。入殓典礼在沉痛静穆的空气中开始。”①李广田参加入殓典礼并守灵。

①《一二·一惨案死难烈士荣哀录》，第3、4页。

16 日，《文艺新报》出版《“一二·一”殉难烈士纪念专号》，第一版第一篇是联大云大文艺社团联名的祭文，第二篇便是李广田的杂文《不是为了纪念》。在当时的白色恐怖下，许多通讯、特写、诗篇都用的是笔名，李广田毅然署上真名，以示自己不畏强暴的正义立场。

是年，良友复兴图书公司编辑部负责人赵家璧邀李广田编选《中国新文学大系》，续编八年抗战[①]的诗集部分。“幸赖巴金的帮助，代我邀约李广田担任。当时李广田和闻一多、朱自清都在西南联大执教，一起从事进步文艺活动。”李广田复函同意，并签订了合同。“我回到上海时，皮包里就有郭沫若、茅盾、老舍、叶圣陶、洪深、李广田、梅林亲笔签署的七份约稿合同。”[②]后因良友复兴图书公司股东内部纠纷，无形停业，编书计划遂告流产。

1946 年　四十岁

春，西南联大各文艺社团准备成立艺联，请闻一多、李广田题词。闻一多题“为人民服务”，李广田题“不只暴露黑暗，更要歌颂光明”。[③]

1 月 6 日，作诗评《泪和朝霞》。

2 月 25 日，诗评《泪和朝霞》发表于《文联》一卷四期。

2~9 月，长篇小说《引力》连载于《文艺复兴》一卷二期和二卷二期。

3 月 5 日，《中国诗坛》光复新版二期转载《泪和朝霞》。

15 日，诗《海边》《二十年前 ·棵树》发表于《文讯》六卷三期。

① 原文如此，现应称为“十四年抗战”。——编注

② 赵家璧：《话说新文学大系》，载《新文学史料》1984年第1期。

③ 王景山：《忆李广田师和西南联大文艺社》，载《新文学史料》1982年第4期。

3月17日，四烈士出殡。学生肩着四烈士的灵柩和血衣上街游行，昆明市万人空巷。李广田参加路祭和送殡活动，一直把烈士遗体送到城外联大新校舍的墓地，送他们长眠于三迤的地下。愤怒的人群于暮色苍茫中在墓前悲愤地宣誓，要追捕凶手，为死者报仇。

同日，作论文《文学与文化》。

18日，作短论《论无事可写》。

20日，论文《论描写》发表于《国文月刊》四十一期。

4月，论文《认识与表现》发表于《世界文艺季刊》一卷三期。

5月，《文学论》一书初稿完成。拟目共分三卷：总论六章，一、几种不同的文学观，二、文学的发生和发展，三、文学的基本特质，四、文学的创造，五、文学的内容和形式，六、文学的价值。中卷四章，一、文学与文化、政治，二、文学与科学、自然，三、文学与哲学、心理学，四、文学与历史传统。下卷五章，一、诗歌，二、散文，三、小说，四、戏剧，五、报告文学及其他。

6月11日，作论文《悼青年音乐家黄洪先生》。

10日，作《日边随笔·序》。

20日，论文《文学与文化》发表于《国文月刊》第四十三、四十四合刊。

21日，作论文《杜甫的创作态度》。

7月11日，一个阴雨绵绵的日子，谣言蜂起，军警林立，李公朴被国民党反动派暗杀。

15日，李公朴血渍未干，闻一多又遭暗杀。蒋介石“个别消灭局部清扫”的特务政策，创下了中外政治黑暗历史的纪录，这种空前残酷、惨痛、丑恶、卑鄙的暗杀手段，激起全国人民的愤怒抗议。

同月，中华全国文艺协会总会在上海召开临时大会，除发表为李闻案告世界学者书外，并由田汉先生建议，由留昆的“李广田、李何林先生把闻一多先生的著作搜集起来，广泛的印行出去”。当李广田获悉自己也被列入国民党特务的暗杀黑名单时，他毫无畏惧，决心踏着民主斗士的血迹前进，他说："'一二·一'惨案，李闻惨案，尤其是闻先生的死，使我了解了更多的事实，也确定了更大的信念。"①

同月，论文《艺术创造与主观意识》发表于《文化新潮》一卷二期。

8月19日，作论文《两种小说》。

26日，西南联大复员北上，李广田携家眷飞抵重庆，重庆《新华日报》第三版电讯报道渝文协分会今日欢迎朱自清与李广田，并说他们不日即飞北平。

在渝曾会见何其芳，何当时任《新华日报》社副社长、中共四川省委宣传部副部长。

秋，从北平赴天津南开大学中文系任教，卞之琳在回忆这段生活时说："西南联大解散复员，广田和我都复员到天津南开大学，转了一大圈，我们又都到了北国。我们都住在西柏树村，南北相隔一箭之遥。内战重开，形势日紧，广田家里进步青年川流不息。"②

9月15日，《日边随笔·序》发表于《萌芽》一卷三期。

10月1日，论文《鲁迅的杂文》《鲁迅小说中的妇女问题》发表于《文艺复兴》二卷三期。

13日，作散文《给抗战期间留在沦陷区里的朋友们》。

20日，论文《中学国文教学的变通方法》发表在《国文月刊》第四十八期。

24日，散文《人与其它》发表于上海《大公报》。

27日，散文《给抗战期间留在沦陷区里的朋友们》发表于天津《大公报》"星期文艺"版。后收入《论文学教育》时改题为《人的改造与文艺方向——给抗战期间留在沦陷区里的朋友们》。

① 李广田：《文艺书简》，开明书店1949年版。

② 卞之琳：《李广田散文集》序，云南人民出版社1980年版。

28日，论文《与文艺青年谈文艺工作——答守常》发表于《文艺周报》第四期。

11月1日，论文《关于小说》发表于《民生导报·每周文艺》第二期，论文《介绍中华小学》发表于《云南日报》。

3日，作论文《文学运动与文学剧作》。

15日，散文《生死之间》发表于天津《大公报》“星期文艺”版。

12月，短篇小说集《金坛子》由文化生活出版社出版，属文学丛刊第八集。收文十三篇：《金坛子》《没有名字的人们》《冬景》《活在谎话里的人们》《小灵魂》《吃石头的人》《水的裁判》《没有太阳的早晨》《木马》《追随者》《废墟中》《欢喜团》《子午桥》。李健吾评价《金坛子》“是货真价实的金坛子，不是徒有其名的镀金坛子……有时轻轻几笔，就把人物通过语言和行动勾勒得栩栩如生，有时用笔细致，能在平铺直叙中，使人一口气读完，而读后觉得心中久久不能平静。”[①] 梅子评论《金坛子》中的小说结构都十分严谨，人物栩栩如生，处处可见作者对善良小民的无限同情，篇篇都闪耀着一股圣洁的人性之光。

1947年　四十一岁

1月1日，作短论《滇谣小记》。

论文《谈文艺欣赏》发表于《中学生》一月号。

4日，作评论《马凡陀的山歌》。

7日，杂感《新年无感》发表于天津《大公报》“星期文艺”版。

20日，作论文《谈写诗》。

同月，论文《杜甫的创作态度》发表于《国文月刊》第五十一期。

2月14日，评论《马凡陀的山歌》发表于天津《大公报》“星

① 李健吾：《李广田》序，人民文学出版社、香港三联分店1983年版。

期文艺”版。

3月1日，论文《谈文艺批评》发表于《中学生》三月号。

4月1日，论文《中学生与文艺》发表于《中学生》四月号。

24日，作论文《论怎样打开一条生路》。

5月4日，论文《论怎样打开一条生路》发表于天津《大公报》“星期文艺”版，署名黎地。

20日，“五·二〇”运动发生。平津沪学生走上街头，高呼“要饭吃、要和平、要自由！反内战、反饥饿！”沉重打击了国民党的内战，独裁，卖国政策，李广田和学生一起走在游行队伍里并支持学生的总罢课。国民党当局打伤并逮捕游行的学生，李广田冒着风险到医院慰问伤员并在《大公报》发表讲话直接指斥国民党法西斯暴行。

21日，《大公报》载:“南大教授愤慨，李广田等赶往慰问同学。”又说，“李广田致辞，略称，这次运动是最自然的，反内战是最主要的目的。我们不管谁在打内战，谁不让我们反内战谁就是打内战的（掌声经久不绝）。我劝大家镇静，因为我们只有两手一嘴与一腔热血，希望这几句话能代表千言万语”。《大公报》称，李广田“有嫉恶如仇的精神，他的谈锋，他的笔，无一不指向黑暗，落后、腐败势力，他的演讲总是吸引不少的听众……。”

国民党当局又一次对李广田发出通缉令，为形势所迫，经朱自清先生邀请转至清华大学任教。

6月，长篇小说《引力》由晨光出版公司出版单行本，属晨光文学丛书第二十五种。

7月1日，论文《谈幼稚》发表于《中学生》七月号。

13日，作论文《鲁迅先生的〈坟〉》。

11月1日，论文《事实与创造》发表于《中学生》十一月号。

同月，短论《谈诗歌朗诵》发表于《文艺丛刊》二集《呼唤》，后收入《文学枝叶》时改题为《论诗短简（二）》。

12月1日，论文《在忍耐中工作》发表于《中学生》十二月号。

7日，作论文《再论马凡陀的山歌》。

同月，论文《历史和人的悲剧》发表于《文艺丛刊》三辑《边地》，后收入《论文学教育》时改题为《历史的悲剧和人的悲剧》。

1948年　四十二岁

1月1日，论文《谈文艺创造》发表于《中学生》一月号。

3日，作论文《书评与批评》。

同月，论文《说纪德的〈浪子回家〉》发表于《中国作家》一卷二期。后收入《创作论》时改题为《三论创作过程：纪德的〈浪子回家〉》。

同月，文学论文集《文学枝叶》由上海益智出版社出版，属范泉主编一知文艺丛书第一辑。收文二十三篇：《谈创作》《从创作的过程论言志与载道》《论文学作品的完整性》《谈"再创造"》《人格与风格》《论现代散文风格》《谈散文》《论身边琐事与血雨腥风》《鲁迅的杂文》《泪和朝霞》《论诗短简（一）》《论诗短简（二）》《人民自己的文学》《看〈离离草〉》《人民是不朽的》《〈战争与和平〉中的天地》《鲁迅小说中的妇女问题》《论文学的普及和提高》《谈报告文学》《纪念高尔基：论文化工作者应该站在哪一边》《文学与文化》《中学生的文学修养》《少年果戈里》。作者在书前的"序"中说，"文章内容，举凡创作，批评，散文，诗歌，戏剧，小说，报告，以及文学文化诸问题，都多少涉及一点。分开来看，实在是枝枝叶叶，合起来看，也许还可以看出一贯的思想"。其中《谈创作》《从创作的过程论言志与载道》《论文学作品的完整性》《谈"再创造"》都是"一时为了报刊的需要，从一部尚未定稿的《文学论》中删节或缩写而成的，这就正如从一棵大树上裁下来的零枝散叶。这二十几篇文章虽然是这样零零散散，但由于其成因既如上述，所以大都不是空文，而且大都是尽可能地把要说明的思想压缩进了最小最小的形式”。

2月1日，论文《谈小说》发表于《中学生》二月号。

7日，作论文《传说拾零》。

15日，论文《论情调》发表于《文讯》八卷二期。

3月1日，论文《谈散文》发表于《中学生》三月号。

15日，论文《说果戈里的〈外套〉》发表于《文艺春秋》六卷三期，后收入《创作论》时改题为《二论创作过程：果戈里的〈外套〉》。

29日，作论文《谈语文节奏》及《诗与朗诵诗》。

4月，论文《爱仑·坡的〈李奇亚〉》发表于《文学杂志》二卷十一期，后收入《创作论》时改题为《一论创作过程：爱仑·坡的〈李奇亚〉》。

13日，论文《欢迎新的〈原野〉》，发表于《清华旬刊》第七期。

15日，论文《论伤感》发表于《文讯》八卷四期。

5月1日，论文《文学教育》发表于《中学生》五月号，后收入论文集《论文学教育》时改题为《论文学教育》。

同日，论文《“怎样生活，怎样歌唱”》发表于《北大》半月刊。

15日，论文《诗与朗诵诗》发表于《文讯》八卷五期。

19日，应邀赴北大医学院演讲，题为《医学与文学》。

同月，散文集《日边随笔》由文化生活出版社出版，属巴金主编文学丛刊第九集，收文十六篇：《他说：这是我的》《说吃》《一粒沙》《手的用处》《绳的用处》《建筑》《分担》《这种虫》《小小的悲剧》《日边随笔（一）》《日边随笔（二）》《日边随笔（三）》《空壳》《根》《书简（一）》《书简（二）》。作者在书前的序中写道：“然而从‘一二·一’惨案以后，就连那座古老的近日楼也变成了战场，这正应了我们时常引用的那句话，‘一边是荒淫无耻，一边是严肃的工作’，一边是昧着良心造谣中伤，一边是青年们冒着生命的危险在为人民说话。这斗争，今天还正在坚持，正在扩大，这成了中国人民的生死关头……像若干年前所向往的那种‘日边清梦断’的境界大概永远不会得到，至于‘日色冷青松’那样的感觉也永难再来，最低限度，我至今也还没写出那种清淡到毫无人间气息的作品，因为我们的生命无时不在烈火里燃烧，就像生活在太阳近边一样，这也许就算是‘日边’的另一意义。”

6 月 1 日，论文《写作常谈》发表于《中学生》六月号。

16 日，论文《我们的任务》发表于《清华文丛之二》。

7 月 1 日，论文《谈语文节奏》发表于《中学生》七月号。

15 日，作论文《鲁迅和闻一多》。

同月，加入中国共产党。

8 月 12 日，著名作家，清华大学中文系系主任朱自清逝世。李广田冒雨亲送朱先生遗体去广济寺火化。

19 日，作散文《最完整的人格——哀念朱自清先生》。

22 日，国民党军警特务对清华园进行大搜捕，时李广田家中正隐蔽着党的地下工作者，其一名梁朋，当时是中共北系总支书记。李广田将他迅速转移，胜利地完成了这一场反逮捕斗争，完成了“团结知识分子，保卫学校”的任务。

这一时期李广田家中经常有党的领导人和进步青年来往，成为许多青年学生奔赴延安的一个联络站，而党组织通过这里为北平建立一支革命的知识分子队伍作了种种准备工作。

24 日，作散文《朱自清先生》。

9 月 1 日，论文《一种剧》发表于《文讯》九卷五期。

12 日，论文《谈民舞》发表于《北大清华联合报》。

22 日，作论文《朱自清先生的道路》。

同月，论文集《创作论》由开明书店初版，收文十篇：《思想与创作的关系》《创作是怎样一回事》《一论创作过程：爱仑·坡的〈李奇亚〉》《二论创作过程：果戈里的〈外套〉》《三论创作过程：纪德的〈浪子回家〉》《四论创作过程：一个结论》《论情调》《论伤感》《论描写》《论语言》。作者在书前的序中写道："从最初属稿，到今天编定，中间过了这么长的时间，我的意见自然也有些改变，尤其最近两年来，许多看法都与前不同……至于这十篇文字所从出的那个本体——《文学论》，写作的时期当然更早些，可是直到现在我还没有要拿出去的意思，原因也很简单，就是因为我还要补充、还要改。"

复员以后，李广田的文学活动重点转到文学批评方面来，他说："复员两年以来，可以说毫无创作可言，我的兴趣完全转到批评方面来了，我认为今天应当建立一种严正的文学批评以配合今天的政治文化工作。"[①]

10月7日，作论文《纪念鲁迅》。

同月，散文《哀念朱自清先生》发表于《文学杂志》三卷五期。

11月1日，论文《朱自清先生的道路》发表于《小说》一卷五期。

7日，作论文《鲁迅的思想和创作》。

12月，北平解放前夕。国民党军队在战场节节败退，我人民解放军连续取得决定性大胜利。越是临近解放，反动势力则有各种形式的表现，《周论》周刊宣称"本刊宁作'今日之罪人'"，竭力诋毁人民革命；个别教授致书美国政府，狂呼"剿灭共匪，拯救文明"；《新路》则大谈第三条道路。针对这些情况，地下党领导进步师生，通过各种形式，号召大家配合解放战争胜利发展的新形势，开展更深入地团结教育知识分子的工作，准备迎接人民解放的到来。李广田在地下党支部领导下积极开展工作，活跃于各社团和学生之中。

13日，"中午光景，远处传来阵阵炮声。很快地由远而近，中午，机关枪也清晰可闻了。学校下午宣布停课。人们兴奋得到处传递着解放的信息。"[②]

① 李广田：《文艺书简》，开明书店1949年版。

②《清华大学校史》，中华书局1981年版。

15日，中国人民解放军进驻海淀。清华园解放了。

18日，西校门上张贴了中国人民解放军第十三兵团政治部布告："查清华大学为中国北方高级学府之一，凡我军政民机关一切人员均应本我党我军既定爱护与重视文化教育之方针，严加保护，不准滋扰，尚望学校当局及全体学生，照常进行教育，安心求学，维持学校秩序。"从此，清华园揭开了新的一页。

29日，论文《论文艺刊物》发表于上海《大公报》。

是年，李广田继任中文系系主任。

1949年　四十三岁

1月1日，短论《多接受、多思想、多讨论、多行动》发表于《中学生》一月号。

1月31日，北平和平解放。

5月，文艺短论集《文艺书简》由开明书店出版，属开明青年丛书，收文十八篇：《谈文艺创造》《谈文艺欣赏》《谈文艺批评》《谈幼稚》《写作常谈》《论无事可写》《谈写诗》《略论诗歌的道路》《谈散文》《谈语文节奏》《书评与批评》《文学与科学》《中学生与文艺》《滇谣小记》《传说拾零》《鲁迅先生的〈坟〉》《朱自清先生》《自己的事情》。

6月，散文集《圈外》改名《西行记》，由文化工作社发行，属工作文丛第一辑。

7月，参加中华全国文学艺术工作者第一次代表大会。当选为大会主席团成员，全国文联委员、文协理事。

10月1日，中华人民共和国成立。

1950年　四十四岁

2月，论文集《论文学教育》由文化工作社出版，属未名丛书之一，收文十九篇：《人的改造与文艺方向》《文学运动与文学创作》

《论文学教育》《文学的价值》《作家与作品》《人民文学与世界文学》《论怎样打开一条生路》《诗与朗诵诗》《马凡陀的山歌》《再论马凡陀的山歌》《两种小说》《一种剧》《历史的悲剧和人的悲剧》《医学与文学》《最完整的人格》《朱自清先生的道路》《纪念鲁迅》《鲁迅的思想和创作》《鲁迅和闻一多》。作者在书前的序中说："解放前的两三年内，写了一些讨论文艺问题的文字，因为性质不同，分作两辑，一辑叫《文艺书简》，另一辑就是这本《论文学教育》。""名之曰《论文学教育》，只是因为其中有此一篇，但也希望它能大致说明这些文字的性质。"

6月1日，参加教育部在北京召开的第一次全国高等教育会议。毛主席、周总理接见代表。周总理就新民主主义教育方针、理论与实际一致、团结与改革等问题作了指示。教育部部长马叙伦致开幕词和闭幕词。

7月，北京市文艺工作者代表会召开，当选为北京市文联常务理事兼组织联络部部长。

10月15日，负责编《朱自清选集》并写序。

22日，负责编《闻一多选集》并写序。

11月2日，作《朱自清先生传略》。

27日，作论文《从看报说起》。

30日，波、捷、罗、匈、保等五国首批交换留学生三十五人，自当日起陆续到达北京，进入清华大学学习，这是新中国成立后接受外国留学生的开始。李广田任清华大学副教务长，主管留学生工作和文科教学。

本月，抗美援朝爱国运动在各地各校持续展开。中国教育工会、中华全国学生联合会分别发表宣言，拥护中国共产党及各民主党派发表的联合宣言，号召全国教育工作者和学生奋起参加抗美援朝保家卫国的伟大爱国运动，清华大学广大师生立即响应号召，通过座谈会、时事学习会、讲演会、展览会控诉美帝罪行，肃清亲美、恐美、崇美思想，提高政治觉悟，青年师生踊跃报名参加志愿军。

1951 年　四十五岁

1 月，应邀参加中央文学研究所的筹备工作。

1 月 23~26 日，参加教育部在北京召开的全国高等学校 1950 年度教学计划审查会议。

2 月，《论文学教育》由文化工作社二版。

8 日，北京组成大学教授参观团分赴华东、中南、西北地区参观新解放区土地改革运动。李广田负责带队赴西安。

3 月 29 日，在文研所作题为《〈实践论〉与文艺工作》的演讲。

31 日，论文《土地改革与抗美援朝》发表于《文艺报》三卷十二期。

4 月 25 日，《〈实践论〉与文艺工作》整理成文发表于《文艺报》四卷一期。

8 月 4 日，论文《参加土改就是参加斗争》发表于《人民清华》十二期。

9 月，北大、清华等校政法各系师生八百人，根据教育部指示，分赴西北、中南、西南参加土地改革工作半年。

11 月，《论文学教育》由文化工作社三版。

12 月 31 日，教育部发出《关于京津高等学校教师学习及反贪污、反浪费、反官僚主义运动》指示。清华大学全体教职员工投入这一运动。

1952 年　四十六岁

8 月，《论文学教育》由文化工作社出版。

下半年，教育部根据“以培养工业建设人才和师资为重点，发展专门学院，整顿和加强综合性大学”的方针，以华北、东北、华东为重点进行全国高等院校院系调整。至年底，全国已有四分之三的高等学校进行了院系调整和专业设置的工作。据此，清华大学改为多科性高等工业学校。毛泽东亲自签发任命书，调李广田任云南大学副校长，后任校长。

1953 年　四十七岁

1 月 1 日，我国开始执行发展国民经济的第一个五年计划。

22 日，《人民日报》发表社论《高等学校的教学改革应当稳步前进》。社论指出，应加强对教改工作的性质和“稳步前进”方针重要性的认识。李广田领导云南大学按教育部指示进行教学改革。

9 月，中国文学艺术工作者第二次代表大会召开，当选为全国作协理事。

《论文学教育》由文化工作社五版。

10~23 日，参加教育部在北京召开的全国综合大学会议，听取高教部长马叙伦、副部长杨秀峰、曾昭抡的报告。会议确定综合大学的特定任务是培养理论或基础科学方面从事研究工作或教学工作的专门人才。

10 月 15 日，《人民日报》发表社论 :《为实现全国综合大学会议的决议而奋斗》。云南大学学习并贯彻社论精神。

12 月 24 日，参加全国组织工作会议。

是年，任中国作家协会昆明分会副主席。

1954 年　四十八岁

4 月 3 日，赴军区参加全省第二次党代会。

6 月，领导云南大学师生员工开展学习、讨论、宣传《中华人民共和国宪法（草案）》的活动。

7 月，贯彻高教部召开的全国综合大学教学研究座谈会精神。

8 月 3 日，参加省委中心组扩大讨论会。

9 月，领导云南大学讨论贯彻高教部发出的《高等学校教师的工作日及教学工作量暂行办法（草案）》。

21日，在胜利堂听有关第一次全国人民代表大会的传达。

12月6日，听传达刘少奇同志在七届四中全会上的报告。

1955年　四十九岁

2月9日，参加省人民代表大会党组会议，听郭影秋省长的报告。

12月1日，在省委宣传部听郭影秋省长关于高级知识分子问题的报告。

12日，在胜利堂听郭影秋省长讲五年计划。

25日，作论文《运用各种文艺武器为边疆服务》。

1956年　五十岁

1月，论文《运用各种文艺武器为边疆服务》发表于《边疆文艺》创刊号。

2日，作《散文三十篇·序》。

2月10日，参加省委业余政治学校开学典礼。

3月，当选云南省作家协会副主席。当选云南省文学艺术界联合会副主席。

4月，散文自选集《散文三十篇》由作家出版社出版，收文三十篇：《记问渠君》《悲哀的玩具》《老渡船》《柳叶桃》《山水》《山之子》《两种念头》《一个画家》《金坛子》《没有名字的人们》《冬景》《活在谎话里的人们》《水的裁判》《没有太阳的早晨》《他说:这是我的》《一粒沙》《手的用处》《建筑》《这种虫》《空壳》《论文学教育》《论怎样打开一条生路》《诗与朗诵诗》《马凡陀的山歌》《两种小说》《鲁迅的思想和创作》《哀念朱自清先生》《〈朱自清选集〉序》《〈闻一多选集〉序》《从看报说起》。作者在“序”中说：“我把勉强选在这里的三十篇文章分作了四辑，这四辑大致可以说明四个阶段，也明显地可以看出四种不同的写法。”

5月10日，参加省委扩大会议，听传达中央省市书记会议上毛主席的报告。

8月1~16日，参加高教部在北京召开的高等学校部分校院长和教务长座谈会，讨论解决学生负担过重和培养独立思考、独立工作能力问题，着重研究“全面发展，因材施教”，在教学中贯彻“百家争鸣”的问题。

18日，在紫光阁听陈毅副总理讲话的传达。

9月，审干之后，被选为党的八大候补代表，到北京列席党的第八次全国代表大会。

11月9日，参加省委会议，听有关时局与外交问题的传达。

1957年　五十一岁

3月10日，听关于第二个五年计划建设基本问题的说明报告。

同日，参加高教部会议。

11日，上午参加中宣部会议，听彭康、侯外庐的发言；下午在怀仁堂开大会，听张天翼、童第周发言。

5月1日，作诗《一个人》《一句话》《记一个教师的谈话》，发表于《边疆文艺》五、六月合刊号。收入《春城集》时，《记一个教师的谈话》改题《一棵树》。

是年，我国发展国民经济的第一个五年计划胜利完成，各地教育事业均有很大发展。

李广田被正式任命为云南大学校长。

年底赴北京医治腰椎病。

1958年　五十二岁

1月，作诗《“教育诗”》《写在海上》《寄红领巾》《莱伊卡对美国资产阶级狗道主义者讲话》《我们住在剥削者的别墅里》《入浴》

《母与女》《白骨与镣铐》《变》《题一个旧烟盒》。

整理傣族民间传说《一滴蜜》。发表于《边疆文艺》一月号。

31 日，作诗《他在各处行走》《大扫除》《和石头作斗争》。

2 月，上月所作《“教育诗”》等十篇诗发表于《诗刊》二月号。

3 日，作诗《螳螂川记事》。

3 月，诗《他在各处行走》等发表于《边疆文艺》三月号。

本月，中共中央发布《关于开展反浪费反保守运动的指示》，各地高校结合教改开展双反运动。云南大学文科师生批判教学中的“厚古薄今”问题。

4 月，作诗《乘风破浪》《寄高山凿井的共青团员们》《劳动大革命》《萌芽》《荞子的命》《春城风光》《饲养员的话》《阿诗玛的好姐妹》《种树老人》《寄布伊海德》十首。

5 月，上月所作《乘风破浪》等十首诗发表于《收获》第三期。

6 月 1 日，作诗《人民英雄纪念碑》《保社会主义的驾》，发表于《诗刊》六月号。

7 月，作诗《我来了》。

8 月，诗《我来了》发表于《红岩》八月号。

6 日，参加党委会，研究生产问题。

7 日，参加党委会，研究物理系教学改革。

10 日，参加党委会，研究职工评比。

12 日，上午全校教职工大会，向大会传达教育方针；下午听取科研汇报。

19 日，研究文科写厂史问题。

9 月，诗《为阿拉伯人民而歌》发表于《诗刊》九月号。

10 月 7 日，研究生物系半工半读问题。

8 日，上午研究历史系半工半读问题，下午研究政治系教学计划。

10 日，参加党委会，研究各系编教材情况。

14 日，为贯彻党的教育方针，进行教育大革命，率领中文、历史两系师生到开远大庄参加“大战三秋”“大炼钢铁铜”。

本月，诗《一定要解放台湾》发表于《边疆文艺》十月号。

诗集《春城集》由作家出版社出版，收诗二十七首：上辑《春城杂诗》收《一个人》《一句话》《一棵树》《“教育诗”》《写在海上》《寄红领巾》《莱伊卡对美国资产阶级狗道主义者讲话》《我们住在剥削者的别墅里》《入浴》《母与子》《白骨与镣铐》《题一个旧烟盒》《螳螂川记事》《寄布伊海德》；下辑《乘风破浪》收《他在各处行走》《变》《大扫除》《和石头作斗争》《乘风破浪》《寄高山凿井的共青团员们》《劳动大革命》《萌芽》《苣荞子的命》《春城风光》《饲养员的话》《阿诗玛的好姐妹》《种树老人》。作者在诗集“后记”中说：“由于受了‘百花齐放’的启发，一九五七年开始试写了四首。一九五八年一月至四月之间，就一气写成了二十四首……应当歌唱的真是太多太多，我能够歌唱的却是太少太少。与惊天动地的社会主义事业相比，我这些文字真可以说是无光无色。作为百花中的一个极平常的花朵，就这样拿出来作为一个小小的献礼吧。”“这些诗都是在四季如春的昆明写的。‘春城无处不飞花’，这既象征了我们社会主义事业大跃进的景象，也是百花齐放的写照，因而把这本小书叫作《春城集》。”

从《汉园集》到《春城集》，中间诗笔搁置二十多年，《春城集》的出版，标志着诗人创作的一个新阶段，引起了文艺界的广泛注意。冯牧在《诗刊》当年度第四期撰文《喜读李广田的近作》指出：“诗人李广田不负读者的期望，一下子在《诗刊》上发表了十首诗。——这当然只是他的近作中的一部分。我认为，这实在是一件值得我们高兴，同时也值得我们重视的事情。……李广田目下以短短十首诗为我们提供了具体的，有力的证明。证明了：文学创作，不仅仅是专业作家，专业诗人们的事情，文学创作，它也是一种革命劳动；而诗歌，这是劳动者的心声，而只有当你自己真正生活在人民中间，忠实于人民的事业，对于人民有真挚而深沉的感情，你才有可能把你对于生活的感情、动人地形而为文、发而为声，创作出和人民共思想共情感的好作品。”冯牧接着说：“我认为，这十首诗都是值得称道的作品，是既能以它们的革命热情打动人心而又具有自己的风格特色的成功之作。熟悉李广田过去的作品的人都知道，它们的主要特点之一就是风格的质朴和单纯，在他的多数作品中，都有着那种山野牧歌般的质朴，民间故事般的单纯。……最为突出地表现了这种风格的，是《“教育诗”》这首不长、但却非常真实感人的诗。我觉得，这首短短的抒情诗，是一篇难得的好作品，是近年来出现的优秀的诗歌作品之一。这首诗只有寥寥四十行，但它却十分深刻而生动地为我们表现出一个热爱劳动、热爱人民教育事业的革命知识分子的鲜明的形象。”

卞之琳在当年《文学研究》第四期撰文《评李广田新著〈春城集〉》，文中指出李广田近作的三个特色:“开创了一种新的风格”“歌唱‘平凡’的工作，令人感到它不‘平凡’”“善于发掘日常生活里的光彩”。他说，“正是集体主义精神，正是共产主义世界观，再加上诗人特有的感受力和想象力，才使得李广田同志能这样歌唱了朴素的真理，平凡的工作，日常的生活。令读者感觉到真理就是诗，工作就是诗，都是动人的诗。”同时卞文也指出李广田原有风格的缺点，太松散，不够精炼。

11 月 4 日，作组诗《战斗的山村》，包括《电话线的快乐》《把魁阁拆掉》《女连长》《娃娃运输队》《敲呵、敲矿石》《深夜又是深山》《深夜，牛车工车》《又下雨了》《感谢老大妈》《转移》《再见，可爱的小土炉》十一首。

7 日，作诗《代耕》《担子》《半工半读》《凯旋》《在火车上》《火车是条飞龙》六首。

本月，从开远返回昆明。

12 月，上月所写《代耕》等六首诗发表于《边疆文艺》十二月号。

组诗《战斗的山村》发表于《诗刊》十二月号。

1959 年　五十三岁

3 月 11 日，参加六级干部会议。

26 日，参加省第八次统战工作会议。

4 月，日本岩波书店出版《引力》全译本，再版十一次。译者罔崎俊夫。

6 月 9 日，参加五大学领导干部讨论会。

17 日，参加党小组会，讨论知识分子问题及统战工作。

上半年，接受云南省委交给的任务：重新修订撒尼人民间叙事长诗《阿诗玛》，作为国庆十周年献礼。于是脱产半年，认真比较过去已经出版的《阿诗玛》各种整理本，研究各种原始材料，听取各方面意见，整理出一个新的修订本。“在修改中，他尽劳付力，负责地进行了重新整理，他是花费了相当工力的。在一千八百余行的长诗中，他就修改了二百五十多处。这些修改之处，在《序》中已经言明。关于射箭斗争：原整理本把射箭放在打虎之前，现在改置在打虎之后。关于回声：删掉了诗卡都勒马的故事，‘把原整理者所制作出来的小河上的那个湖也取消了’。关于句子上的变动：恢复了一些原记录材料中很好的诗句，‘把那些近于知识分子现代抒情诗调子的东西作了些适当的修改’。”“李广田同志在重新整理《阿诗玛》的工作中，正是撷取了诸家之长，并且融合了自己的意见。他言行如一，前后如一。这个事实说明：李广田同志重新整理《阿诗玛》，既在大的问题上审慎用心地做了修改，也在细末之处尽力做了润饰，既尊重原整理者的可贵成果，又广集博采，付出了辛勤汗水，目的是使《阿诗玛》更臻完美。”[①]“经过广田同志认真地研究、推敲、整

①毕明：《为蒙冤辞世者的辩白》，载《思想战线》1980年第5期。

理，《阿诗玛》的重新整理本，一般都认为是：的确有很多提高。他的序言里总结出的一些经验，也的确有他深入的独到见解。”①

7月，完成《阿诗玛》重新整理本的长篇序言。李广田首先指出，《阿诗玛》曾经出过四种版本，“尽管有人对于《阿诗玛》的整理工作提出了一些批评意见，但原整理本的成绩是无论如何必须肯定的”。虽然原整理者四人中有三人曾被错划“右派”，但李广田还是仗义执言地肯定了他们的成绩，这在当时的情况下是冒着风险的，“他不是藉机营私，把别人的劳动攫为己有，他没有假乎他人，干落井下石的勾当，而是大胆地明确地肯定了原整理者的劳绩……李广田同志能够在自身不保的艰难环境中，怀拥胆气，横陈义理，对原整理者给予这样的评价，其精神气质是可贵的，其态度人品是可取的，其对《阿诗玛》的重新整理是严肃认真的。”②

序言指出“严肃认真地搜集、翻译、研究，整理少数民族的口头创作，是贯彻党的民族政策的一个方面，是为了帮助少数民族继承和发扬其优秀的文学遗产，帮助他们培养自己的作家，发展他们自己的文学艺术，以丰富祖国的文学宝库，使少数民族和汉族一道共同创造社会主义内容民族形式的新文学，共同为社会主义——共产主义的建设事业服务，也使我们的《中国文学史》真正成为全中国各族人民的文学史，而不只是汉族的文学史，因而也就为世界文学增加一份财富”。序言明确说明了新整理本有哪些改动，并提出了整理民族文学的几条原则。

同月，中共中央在庐山举行政治局扩大会议和八届八中全会，通过了“为保卫党的总路线，反对右倾机会主义而斗争”的决议。全党开展“反右倾”斗争。

李广田被打成“右倾机会主义分子”。由于他在校党委常委整风

①陆万美：《民族歌手欢唱声中忆袁勃》，载《边疆文艺》1980年第4期。
②毕明：《为蒙冤辞世者的辩白》，载《思想战线》1980年第5期。

学习会上讨论“陆良事件”时对陆良农村干部违法乱纪造成严重后果时说过“干部可恨，农民可怜”“农村问题影响很坏”等，被定罪为“反对党的总路线，攻击革命的群众运动”；由于他在党委总结工作时说过“学生劳动过多，打乱了教学秩序，降低了教学质量，这样下去就把‘云南大学办成了云南小学’被定罪为反对党的教育方针，否定教育革命成绩；由于他说过“当前阶级关系紧张，是‘大跃进’造成的，是我们工作造成的”，他认为“大破资产阶级法权，是用精神棍子打人”，被定罪为反对党对知识分子的改造。于是，决定给予李广田降职处分，校长降为副校长，撤销党委常委，保留党委委员。

1960 年　五十四岁

1月，李广田整理并序的《阿诗玛》由云南人民出版社出版。《阿诗玛》出版时，“鉴于李广田同志熔铸于诗作的汗水和劳动，曾经有人建议写上他的名字。他拒绝了。重新整理本出版印行后，有关单位曾经三次把稿费送到李广田同志门上，他则分文未取。根据当时的具体情况，他建议把稿费奉送给撒尼人民，作为撒尼人的文化活动经费。最后这笔稿费送到了阿诗玛的故乡——路南县”[①]。这种不为名不为利的高尚品格，受到文艺界的普遍赞许。

2 月 25 日，参加高等教育工作会议。

4 月 29 日，听取数学系主任卫念祖汇报数学系情况。

5 月 3 日，听取物理系情况汇报。

听取中文系对两个专业、七门专门化，五十七

门课程教育革命情况汇报。

10 日，参加党员干部会，讨论有关教育革命总结。

7 月 22 日，在北京参加中国文学艺术工作者第三次全国代表大会。当选为中国作家协会理事。

①毕明：《为蒙冤辞世者的辩白》，载《思想战线》1980年第5期。

1961 年　五十五岁

8 月，云南三级干部会议，对李广田“所犯右倾机会主义错误进行甄别”。但会上有人说他参加历史系党委会时曾动员大家对党提意见，当他听到有一个同志检讨自己没当好驯服工具时曾反感地说，“什么工具，又不是桌椅板凳！”被认为对自己的错误缺乏认识，并且煽风点火。因此，高校党委甄别结论认为“李广田同志原定为右倾机会主义分子和所给的处分都是正确的”，维持原结论，不予平反。

12 月，整理傣族民间叙事长诗《线秀》并作序。

1962 年　五十六岁

1 月 11 日，中共中央在北京举行扩大的工作会议，参加会议的有各省、市、自治区负责干部七千多人，因此这次会议又称“七千人大会”。毛泽东同志在会上作了重要讲话，着重指出健全党的民主集中制，必须总结正反两方面经验，加深对社会主义建设规律的认识。

根据“七千人大会”的精神，对李广田的“右倾机会主义”问题予以甄别平反，恢复党委常委。但鉴于云南大学已有了正校长，故校长职务未予恢复。省委宣传部副部长张更生到云南大学召开甄别会，省委文教书记马继孔及原云大党委书记李书成分别到李广田家里当面道歉，马继孔在文教工作会议上又公开道歉。

同月，《阿诗玛》由人民文学出版社出版，属中国民间文学丛书之一。由于李广田的问题得到平反，他为长诗写的序言在一度被抹去署名之后又恢复“李广田”的署名。

3 月 2 日，听政治系教师彭体乾讲“政治经济学”。课后指出，难点应放在对法权的理解，应更好地联系实际。

27 日，参加党委常委会。

30 日，听化学系教师徐绍龄讲“自然科学基础”。课后指出要注意学生记公式的困难、要有意识地联系哲学。

4月22日，听中文系副教授江逢僧讲“神话研究”。

25日，听中文系教师李丛中讲外国文学。

4月，作散文《花潮》及论文《论杜诗〈秋兴八首〉“稻香”“碧梧”句》。

5月26日，散文《花潮》发表于《人民日报》。

散文《山色》《不服老》《同龄人》发表于《人民文学》五月号。

8月，散文《或人日记抄》发表于《新港》八月号。

9月2日，论文《论杜诗〈秋兴八首〉“香稻”“碧梧”句》发表于《光明日报》“文学遗产”四百三十期。

12月5日，听历史系教授李埏讲“唐宋货币问题”。

18日，听历史系教授江应樑讲“傣族进入封建社会的探讨”。

1963年　五十七岁

2月19日，提出关于罗膺中先生遗著处理意见，指示打印著作目录三十份及分发人员名单。

3月1日，向全校师生讲云南大学的十五年规划。

6日，听生物系教授曲仲湘讲“地植物学与其他科学的关系”。

4月3日，听生物系教授肖承宪讲“细胞学”。

15日，听政治系教授陈旭光讲“政治经济学——社会主义部分”。

17日，听政治系教授金琼英讲“形式逻辑的作用”。

28日，听中文系副教授全振寰讲“现代文学史——抗战前期的小说”。

5月5日，听化学系教师徐绍龄讲“元素周期率的发现及应用”。

22日，听外文系教师童永明的俄语实践课及化学系教授赵雁来的“农机化学概况”。

23日，参加云南省文艺工作会议。

29日，听化学系系主任王树勋教授讲“分析化学的主要内容”。

30日，听历史系教授杨望讲“法国资产阶级民族学”。

6月6日，听政治系教师石世龙讲“中共党史——伟大的战略决策”。课后指示教务处：讲台太窄，教室太小，教师行动不方便，要改变这一状况。

8日，向全校师生员工传达高教部专业调整会议精神。

7月26日，参加省教育厅工资会议。

9月17日，听历史系教师马开梁讲“春秋时期的阶级斗争”。

25日，听历史系教授方国瑜讲课。

10月7日，为云南各民族诗选《金花银花献给毛主席》作序。序言指出，“这里所选的当然不过是大海之一滴，但也正因为它是大海之一滴，所以我们可以从这里尝到大海的味，也可以反映出大海的深和广”。在分析这些民歌的特点之后，继而指出，这些民歌“有所颂美，出自衷心，是诚人籁，亦属天籁，天籁自鸣，直抒己意，风行水上，自然成文，自非文人学者之浮想肤辞所可以拟”。“诗人们要向民歌学习，在内容、形式、风格等方面，以新民歌为借鉴，从新民歌中吸取有益的营养，创造为社会主义时代的工农兵服务的新诗”。

11日，听中文系教师张俊芳讲“文学是语言的艺术”，课后指出，应向学生指定参考书，对中文系学生要尽可能引用中国文学的例子。

18日，听历史系教师丁宝珠讲“先秦思想史”。

19日，听体育系教授杨元坤讲“田径运动的教学与训练原则在教学与训练中的应用”。

1964年　五十八岁

1月，《线秀》由云南人民出版社出版。

3月11日，通读《实践论》，读书笔记上写着“由于主席引用列宁如下的一段话‘实践高于（理论的）认识，因为它不但有普遍性的品格，而且还有直接现实性的品格’而引起不同的理解，下次再读”。

听物理系教师王仲永讲光学。

15 日，听生物系教师郭文明讲“遗传学中的辩证法问题”。

6 月 3 日，听化学系教师赵树年讲“辩证唯物主义在有机化学中的体现”。

5 日，参加会议，听取高教部关于招生工作会议指示。

8 日，上午对云南大学应届毕业生作报告。

15 日，听取有关教学计划、课程设置的汇报。

16 日，党委常委会议，讨论人事工作。

17 日，听物理系教师顾建中讲“物理学中的几个辩证法问题”。

18 日，党委常委会，听取有关中宣部座谈会及西南局宣传会议传达。

19 日，中共中央国际问题研究指导小组和国务院外事办公室批准高教部《关于高等学校建立研究外国问题机构的报告》，此报告下达至云南大学。

30 日，党委常委会，讨论大办工厂等生产劳动问题。

7 月 2 日，对各系总支谈学年工作总结及下学期工作计划。

8 日，听数学系系主任卫念祖教授讲“数学中的辩证法”。

8 月 6 日，研究新生录取工作。

9 月 8 日，参加中文系文学史教研室会议。

9 日，主持各系系主任会议。

10 月 5 日，研究教学问题，如何使教学思想进一步搞深搞实。

6 日，参加中文系文学史教研室教学思想座谈会。

14 日，听有关中央统战部扩大会议的传达。

11 月 13 日，向全校传达高等教育政治工作条例。

12 月 3 日，研究教学工作，抓考试及蹲点。

同年，长诗《阿诗玛》拍成宽银幕音乐舞蹈片，李广田应邀担任影片文学顾问。

年底，与中文、历史两系师生到大理参加社会主义教育运动，负责领队。党委副书记袁光在他们走后对一部分党员说："李广田是反党反社会主义分子，因为他积极肯干，忘我劳动，不计个人得失，所以暂时不划不整。"①

1965 年　五十九岁

1 月，云南各民族颂歌选《金花银花献给毛主席》由云南人民出版社出版，李广田作序。

1 月 14 日，参加"四清"工作团总团会议。

2 月 11 日，参加地委会议。

15 日，参加凤鸣公社委员会会议。

4 月 6 日，开会研究工作量问题。

13 日，开会研究写厂史问题。

14 日，听取历史系总结。

16 日，听取中国史教研室汇报。

21 日，开会研究如何贯彻中央教育会议精神。

24 日，总结试点工作。

9 月，由大理返校，准备文科半工半读。回校后，党委书记胡泮生代表党委责令李广田检查文艺思想和教育思想。李广田问："为什么检查，检查什么？"胡答："是要你总结一下。"

10 月 8 日，参加座谈"七・三指示"。

11 月 24 日，参加党委常委会议，研究统战工作。

26 日，听取物理系调查研究汇报。

1966 年　六十岁

年初，党委决定由李广田主持党员系主任学习，为期半月，主

①1967年9月7日的一份材料。

要解决政治与业务关系问题。并责令他“带头”在会上作关于文艺思想与教育思想的检查。会后，由专人根据李广田的发言整理了材料，并将材料上报省委，一场罗织入罪的政治陷害就此开始。

1 月 12 日，参加省委谈边疆工作的会议。

3 月 31 日，听中文系副教授傅懋勉讲杜甫。

4 月 1 日，参加中文系文艺理论教研室会议。

12 日，听取历史系调查组汇报。

14 日，参加中文系文学史教研室会议，研究教学总结。

5 月 10 日，校内突然贴满声讨李广田的大字报。

11 日，全校召开声讨邓拓、吴晗大会，会上高呼口号：“揪出云大的小吴晗！”以马文东为首的工作组进驻云南大学。马说，“闭起眼睛划李广田的反党反社会主义分子也不会错！”胡泮生在党委常委会上说：“这次运动只搞李广田一个人，因为我们中间只有他一个人写文章，我们都不写文章。”在一次党员大会上，他又说，“这次运动只搞李广田一个人，不准乱放枪，不然的话，把我们这几个人打成牛鬼蛇神，谁也不会高兴的！”

6 月 24 日，批斗开始，从此被拘留，失去人身自由及说话的权利。

7 月 7 日，被强迫交代在“金殿会议”上的“错误言论”。李广田写道：“我究竟说了什么错话，我还是想不起来。”“天热，确曾在金殿喝过茶，但那不是什么会议，更不是非组织活动，我到底说了什么不应该说的话，我无从想起！”

同日，被强迫交代调整校务委员会组成人员的问题。李广田写道：“这是个大问题，不可能个人或少数人作决定。学校的领导制度是党委领导下的以校长为首的校务委员会负责制。要调整，必须经过党委讨论决定，并报上级批准，然后才能公布施行。在解决问题的过程中，是否有疏于请示汇报的问题，我反复思考，还是检查不出来。”

19 日，《云南日报》头版头条："揪出反党反社会主义分子李广田！"

8 月 4 日，被迫写"读八月二日《云南日报》'李广田是周扬修正主义文艺纲领最忠实的执行者'一文后的思想状况"。李广田在材料中表示："我坚决相信党，相信群众，此外没有别的想法。""我愿以有生之年，为人民服务，为社会主义服务，死而后已！"

9 月 12 日，抄家，封门。

14 日，打入劳改队，被监禁。

"劳改"期间，在一次打麦场上晒麦子的劳动中，曾悄悄对王兰馨说："活下去，活下去，咬紧牙关活下去！"①

1967 年　六十一岁

2 月 5 日，被迫交检查一份。内容为依靠老知识分子的错误、和工农干部的关系问题、对"反右倾"斗争没有"消化干净"的问题、工作中没有学解放军政治挂帅的问题以及不允许工农学生不及格就升班的问题等。

12 日，被迫交"检查认识之十一"，即整理少数民族文学遗产的问题。

19 日，被迫交"检查认识之十二"。

3 月 5 日，被迫交"检查认识之十四"：文艺思想问题。

12 日，被迫交"检查认识之十五"：整理少数民族文学遗产《线秀》《阿诗玛》和电影剧本《阿诗玛》的问题。

19 日，被迫交"检查认识之十六"：文艺思想的根源。

9 月 7 日，亲自刻写、亲自散发《控诉书》（内容详见本卷《最后的回答》）。内容分为四个方面：关于文艺方面的问题，关于教育路线方面的问题，他们是怎样从上而下把我抛出来的？他们的最终

①高治国：《怀念李广田同志》，载《思想战线》1979年第1期。

目的是什么？在这份控诉书中，李广田强烈抗议对他的政治迫害，他表示“相信群众相信党，是我始终不渝的信念。接受教育，彻底改造，是我坚定不移的决心”。“一小撮人对我进行政治迫害，无中生有，颠倒是非，造谣诬蔑，强加于人的，就要实事求是地加以说明，这是我对党和人民应尽的责任。”对一小撮阴谋分子，“必须彻底揭露他们的罪行，坚决革他们的命，坚决造他们的反，一反到底，义无反顾”！

10 月 27 日，写《云大党内斗争概况》一份材料，彻底揭开云南大学党内斗争的内情，对少数阴谋分子表示了无比义愤。这份材料曾秘密送出请人刻印散发，印刷纸张为粉红色。

11 月 19 日，被迫写“关于民专的设置及整理少数民族文学遗产问题的检查”。

12 月 9 日，写给斗批改办公室一封信，强烈要求斗批改办公室责令少数阴谋分子“彻底交代迫害我的罪行，他们应详尽地、具体地向群众交代，使全校革命群众明白真相，他们妄想混过这一关是办不到的！”信中指出，“当在大课堂斗争我的时候，中文系学生张美莉因迟到而受到围攻。当天张即服毒自杀。XX 之流是怎样欺骗和蒙蔽群众对张美莉进行围攻的，他们应当对一个青年学生的死负全部的责任！”信中最后提出，“我迫切地要求参加学习。一个人自学，总不如参加集体学习好，在集体学习中，可以得到别人的帮助”。

1968 年　六十二岁

2 月 26 日，至此已被关押达一年半之久。

写《揭云大党委的问题》发言稿，内中指出：“搞大破资产阶级法权运动，连什么是法权思想尚不了然，一轰而起，一轰而散，人人检查，人人过关，结果却总结了一大堆所谓成绩。李书成又把党内总结材料改头换面当作自己的文章交给光明日报发表，一开头就说云南大学的知识分子绝大多数都反对共产党，这种估计和毛主席对知识分子的估计是相反的，台湾蒋匪帮就利用了他的文章大肆宣传，这简直是借寇兵而资盗粮！”发言稿最后说，“我被拘留达一年半之久，那是地地道道的监狱生活，使我精神上受到极为残酷的迫害。由于长期孤立，我几乎失去了说话的能力，当我一个人被关在那个小小的牢房里的时候，我想试着唱一唱《东方红》，但我已经唱不出声音，我没有声音了。我心里有千言万语说不尽。但我终于活过来了”。

5 月 5 日，被迫检查整理《阿诗玛》的问题。

6 月 4 日，被迫再检查整理《阿诗玛》的问题。

10 月 19 日（星期六），给女儿信。信上说：“爸妈身体都很好，可以放心。张奶奶还在，她在想尽一切办法搞吃的。妈装假牙后不习惯，现在已经习惯了，吃饭无问题。妈很忙，天天开会，还为大批判专栏写文章。”信后署名“陆二翁”，时年六十二岁老翁之意。

10 月 26 日（星期六），给女儿信。信上说，“今年似乎比往年冷得早些，阿姨家有暖气，小忽雷不会冷的。不过冬天来了，不能在户外活动，就没有那么多乐趣了”。又说“今年昆明天气也太奇怪，总是下雨，下雨，已经下了多少天了，昼夜淅淅沥沥，当然也就冷起来了，简直想烤火，买炭很困难，还是张老爹帮忙，他同张奶奶费了很大的力才包了几包栗炭，很贵，只能煮饭用，不能生火盆。人家有力气的人还可以去排队买点煤或买点煤末做成煤球，我们就不可能，只好浪费一点烧栗炭。那天买栗炭回来，我帮张大爹搬运，不但两手是黑灰，连鼻子眼睛都是黑的，大家相视而笑！”从这封信可以看出，李广田在那些受摧残受迫害的日子里，克服一切生活上的困难，顽强地生活着，他相信自己的问题能够得到解决，他对生活充满着信心。

11 月 2 日（星期六），给女儿信。信上说，“姑母、娄姨等人对小忽雷这么好，令人可感！冬天的衣服棉鞋都预备好了，不愁了，如忽雷在自己家里，也不见得能这样细心，这样耐心，这样周到！”“现在昆明天晴了，云淡天高，正是大好天气。一切都很好，勿念。”这封信说明他的心情是平静的、乐观的。

傍晚，红卫兵数人前来提审。二十点四十分，云南大学后门门卫看见被红卫兵押出后校门。

11月3日，凌晨，一过路农民发现莲花池中李广田的遗体直立水中，即喊人打捞，捞上后发现脸有淤血，额角有伤，脖子有绳索的痕迹，而腹中无水。围观者众，当一老人听说要立即送去火化时便随口说了一句：“真是水深火热呵”，于是这个老人以“同情李广田”罪被批斗、被拷打。

当天，云南大学大课堂北墙上发现“李广田好！”标语，于是全校动员清查“反标”，未果。

11月5日，工人毛泽东思想宣传队进驻云南大学。

1969年

中秋节，火葬场通知家属将李广田骨灰领回。女儿李岫由家中保姆的老伴张大爹陪同前往跑马山火葬场领回骨灰。

次日，在一对农民夫妇帮助下，将骨灰浅葬金架山，石碑上写“李洗岑之墓”。

1978年

4月，《阿诗玛》由人民文学出版社再版。

8月28日，云南大学党委召开李广田平反昭雪大会及骨灰安放仪式，推倒横加给李广田的一切不实之词，恢复名誉，充分肯定了李广田一生为民主革命和社会主义建设勤奋工作的劳绩。大会收到教育部、文化部、作家协会、全国文联、人民文学杂志、清华大学党委等送的花圈，收到周扬、楚图南、叶圣陶、闻家驷、沙汀、王力、李何林、张光年、冯牧、朱光潜、任继愈等的唁电，到会者三百多人，人们对李广田同志表示沉痛缅怀和深切的悼念。

10月，《线秀》《金花银花献给毛主席》由云南人民出版社再版。

是年，香港文学研究社出版《李广田选集》，属“中国现代文选丛书”之一。收文三十三篇：《旅途》《唢呐》《乡愁》《笑的种子》《地之子》《那座城》《上天桥去》《老人与海》《野店》《无名树》《悲哀的玩具》《雉》《桃园杂记》《柳叶桃》《扇子崖》《荷叶伞》《山水》《山之子》《回声》《谢落》《宝光》《到桔子林去》《一个画家》《一粒砂》《手的用处》《建筑》《金坛子》《没有名字的人们》《冬景》《活在谎话里的人们》《水的裁判》《谈散文》《哀念朱自清先生》，编者梅子在前言中分析了李广田的创作道路及创作特点，指出，“李广田和何其芳同是三十年代中期成名的作家，中国现代文学史的作者们写到这一时期的文坛，差不多都没有忘记他们，由此足见其地位的显要。”

11月，诗《第一站》《地之子》《给爱星的人们》《海边》和散文《成年的悲哀》《山之子》《柳叶桃》《他说：这是我的》分别被收入《中国现代文学史参考资料》新诗选第2册和散文选第3册，北大、北师大、北师院中文系主编，上海教育出版社出版。

1980年

7月，《李广田散文选》由云南人民出版社初版。收文七十六篇，分为五辑。第一辑：《记问渠君》《悲哀的玩具》《枣》《野店》。第二辑：《平地城》《桃园杂记》《花鸟舅爷》《过失》《老渡船》《银狐》《上马石》《柳叶桃》《生活》《扇子崖》《井》《马蹄》《树》《绿》《荷叶伞》《通草花》《雾》《山水》《山之子》《回声》《谢落》《路》《花圈》《宝光》《黄龙滩》《威尼斯》《母与子》《冷水河》《乌江渡》《忧愁妇人》《来呀，大家一起拉！》《江边夜话》《西行草》《圈外》《江城半日记》《青城枝叶》《礼物》《两种念头》《悔》《空壳》《到桔子林去》《一个画家》。第三辑：《金坛子》《没有名字的人们》《冬景》《活在谎话里的人们》《吃石头的人》《水的裁判》《没有太阳的早晨》《木马》《废墟中》《欢喜团》《日边随笔（一）》《日边随笔（二）》《根》《他说：这是我的》《分担》《一粒砂》《手的用处》《建筑》《这种虫》。第四辑：《花潮》《山色》《不服老》《同龄人》《或人日记抄》。第五辑：《哀念朱自清先生》《〈朱自清选集〉序》《〈闻一多选集〉序》《〈阿诗玛〉序》《〈线秀〉序》《〈金花银花献给毛主席〉序》。卞之琳在为《李广田散文选》写的序言指出："现在死者的冤屈是昭雪了，而和我们这些后死者（包括也饱经林彪、'四人帮'摧残，现在也已物故的其芳在内）一起见到这些豺狼的覆灭的，只有他的这些遗著了！""然而，这部书的出版，就和许多别人的著作重新问世一样，本身就标志了我们正义事业的一个新的胜利。我从本书的字里行间，想得见广田的那种释然的微笑。里边的文章，虽然极少直接谈政治的，更没有直接指控林彪、'四人帮'一伙的，但能在广大群众中流传，一字一句，闪闪发光，就是对国内外挂任何招牌的法西斯主义的一种批判！"王兰馨在"编后记"中写道："'四人帮'终于垮台了，历史恢复了本来的面目。云南大学党委为广田落实了政策，推倒了对他的一切诬蔑不实之词，为他举行了隆重的平反昭雪大会，他的作品才得以和读者再次见面。我想，若广田有灵，定将笑慰于九泉矣。""之琳同志在百忙中为这本选集写了序言，他是目前健在的《汉园集》的唯一作者了！言下不胜'黄垆'之思！"

1981年

2月，在整理由云南大学落实政策退回的抄家物品时，意外地发现了一部手稿，即1946年5月在昆明写的《文学论》，于是将手稿整理出来交香港昭明出版社出版。可惜的是，这部手稿只剩上卷（总论部分），中卷和下卷都丢失了。

4月，《银狐集》由广东人民出版社再版。出版社在"编选说明"中介绍："著名作家巴金主编的《文学丛刊》，从1936年至1948年，先后出版十集，每集十六册。由上海文化生活出版社出版。一百六十册《文学丛刊》中，收有当年我国文坛上不少优秀作家的主要作品，在现代文学史上占有重要地位。现征得巴金同志同意，从中先行编选十册，以飨读者。"《银狐集》即这十册之一。

5月，《李广田散文选》由云南人民出版社增订再版，初版篇目未变，增加一篇《不是为了纪念》（1945年12月5日，为纪念"一二·一"烈士而写）。

6月，散文《花潮》被收入《花》，李育孙、杨道明选编，广西人民出版社出版。

1982年

5月20日，中共中央组织部通知家属，将李广田骨灰安放八宝山革命公墓一室。

7月，《李广田散文选集》由百花文艺出版社初版，收文四十一篇：《画廊》《记问渠君》《野店》《投荒者》《秋天》《悲哀的玩具》《桃园杂记》《过失》《老渡船》《上马石》《柳叶桃》《扇子崖》《马蹄》《荷叶伞》《山水》《山之子》《回声》《冷水河》《来呀，大家一起拉！》《江边夜话》《圈外》《礼物》《两种念头》《空壳》《到桔子林去》《一个画家》《不是为了纪念》《没有名字的人们》《冬景》《没有太阳的早晨》《欢喜团》《他说：这是我的》《一粒砂》《手的用处》《建筑》《这种虫》《花潮》《山色》《不服老》《同龄人》《或人日记抄》。编者蔡清富在序言中说："在五四以来的散文创作中，有的从旧文学脱胎而来，往往带有陈腐气；有的较多接受西方文学的影响，显得洋气太浓。李广田的散文则不然，他的作品质朴、清新、自然、浑厚，是中国现代散文的珍品。"序言分析了李广田的创作道路、散文特色及其与中外文学的渊源关系。

8月，《李广田诗选》由云南人民出版社初版，收诗六十首，分为五辑。第一辑：《秋灯》《窗》《夜鸟》《旅途》《生风尼》《流星》《访》《秋的味》《唢呐》《乡愁》《过桥》《第一站》《笑的种子》

《地之子》《那座城》《土耳其》《上天桥去》。第二辑：《寂寞》《夕阳里》《向往的心》《异乡》《丁香》《归梦》《在这夏天》《秋的歌者》《灯下》。第三辑：《颜色》《奠祭二十二个少女》《消息》《我们在黑暗中前进》《一朵雪花》《给爱星的人们》《丰稔》《我们的歌》《山色》《城市的繁荣》《两条腿》《古国的传说》《"我听见有人控告我"》。第四辑：《一棵树》《"教育诗"》《写在海上》《寄红领巾》《我们住在剥削者的别墅里》《入浴》《母与女》《白骨与镣铐》《题一个旧烟盒》《螳螂川记事》《变》《和石头作斗争》《饲养员的话》《阿诗玛的好姐妹》《种树老人》。第五辑：《一滴蜜》《告别大庄》《深夜、牛车工车》《感谢老大妈》《代耕》《电话线的快乐》。卞之琳在序中评价了李广田的文格与人格。李岫在"编后记"中说明了诗选的分辑与创作道路的关系。

11月，《文学论》由昭明出版社出版。总论部分共六章：第一章，几种不同的文学观；第二章，文学的发生和发展；第三章，文学的基本特质；第四章，文学的创作；第五章，文学的内容与形式；第六章，文学的价值。书前有王兰馨和夏易的两篇序。王序指出，"《文学论》，最早是广田在西南联大讲《文学概论》时的讲稿，完成于一九四六年五月。新中国成立前后，广田在清华大学任教时又作了某些补充和修订。""十年浩劫期间，广田所有藏书被涤荡一空，他的著作的全部自存本，已经发表的和从未发表的手稿、笔记、日记，也被抄得片纸不留。这些书稿，要么被当作'罪行材料'加以批判；要么就被送进造纸厂重新变成纸浆；要么就被无情的烈火化为灰烬。我对于这些书稿，早已不存希望。一九七八年秋天，云南大学为广田举行平反昭雪大会和骨灰安放仪式。会后，把一些能够找到的遗物交给了我。我想，这只不过是作为落实政策的一个组成部分，也许对于幸存者起一点安慰作用罢了，没有打算从中找出什么有价值的东西。但是当我检点这些遗物时，却意外地发现了这部《文学论》手稿。万万没有想到，这部被抄走十余年的纸头已经发黄的手稿，竟然又回到了我的手里。”“在《文学论》中，广田力图用唯物史观来解释文学现象，来阐明文学的发生和发展、文学的社会本质、文学的社会功能以及文学创作中的一系列问题。”王序接着解释了这部书稿在作者生前未能出版的历史原因：“他自己始终认为，这是一部不成熟的未定稿，在未得到进一步的修订、补充之前，他是决不肯草率从事，随便拿出去发表的。他一直期待着有一个机会把这部书稿重新改写一次，而这样的机会一直没有等到。新中国成立以后，频繁的社会活动，繁重的教学行政事务工作，几乎占去了他的全部时间和精力，这部书稿的修改工作就被长期搁置下来了。现在我把它拿出来发表，是为了表示对死者的纪念。”夏序说：“如果说文如其人，那么，从这本著作里，我们却可以追寻出李先生作为一个学者那种诚挚的治学精神与思考方式的。他对自己探讨所得，是步步都审慎地反复检查，唯恐有失。教学时，也不想把自己的结论强加于人，他希望学生能通过自己的思考，才走上他所希望的创作道路。”《文学论》书后附有参考书目及梅子所编《李广田先生年谱简编》，此年谱七易其稿，内容翔实。

是年，《李广田散文选》英文版由《中国文学》杂志社出版，戴乃迭（Gladysyang）译，属《熊猫丛书》（PandaBooks）之一，收文二十篇：《悲哀的玩具》《野店》《平地城》《花鸟舅爷》《过失》《老渡船》《上马石》《柳叶桃》《生活》《扇子崖》《树》《山水》《山之子》《回声》《冬景》《活在谎话里的人们》《没有太阳的早晨》《山色》《不服老》《同龄人》。书前有李岫的回忆录。

11月，散文《山之子》被收入《中国现代优秀散文选讲》，郭志刚、章无忌编，广西人民出版社出版。

1983年

1月，《中国现代作家选集·李广田》由人民文学出版社与三联书店香港分店联合出版，收入散文、诗歌、小说、评论六十七篇：《野店》《悲哀的玩具》《记问渠君》《雉》《桃园杂记》《老渡船》《柳叶桃》《扇子崖》《马蹄》《树》《荷叶伞》《绿》《通草花》《山水》《山之子》《回声》《谢落》《宝光》《来呀，大家一起拉！》《江边夜话》《空壳》《到桔子林去》《一个画家》《一粒砂》《手的用处》《建筑》《花潮》《山色》《寂寞》《归的梦》《在这夏天》《秋的味》《乡愁》《第一站》《地之子》《秋灯》《夜鸟》《窗》《旅途》《生风尼》《访》《流星》《颜色》《悼二十二个女生》《消息》《给爱星的人们》《丰稔》《我们的歌》《两条腿》《一棵树》《写在海上》《入浴》《两老人》《金坛子》《没有名字的人们》《冬景》《活在谎话里的人们》《吃石头的人》《水的裁判》《没有太阳的早晨》《树的比喻》《谈散文》《谈文艺创造》《谈文艺欣赏》《谈文艺批评》《论文学教育》《文学的价值》。李健吾在书前的序中说："而今他已远游天外，我已年逾古稀，垂垂然老矣，提笔行文，感慨万端，好像有许多话要说，却又说不出来……广田离开了我们，可是他的作品如同长江大河，流向大海，流向人们的记忆深处，他和他的作品将永远活在后死者心中。"书后附资料部分，一为《李广田和他的作品》一文，介绍李广田生平及其创作，一为《李广田作品系年简表》，皆为李岫编撰。出版社在封面上介绍说"李广田是三十年代重要作家，也是文艺评论家和教育家。他的新诗及散文淳朴无华、深隽而具东方箴言般的寓意，他的小说处处闪耀着人性的光芒；而他的文艺评论则以立论精审、朴实善诱见称"。书中有作者照片，手迹多幅。

2月，诗《"我听见有人控告我"》被收入《一二·一诗选》，龚纪一编，人民文学出版社出版。

4月，长篇小说《引力》由宁夏人民出版社重排新版问世。最早《引力》在郑振铎、李健吾合编的《文艺复兴》连载，这次重新出版，李健吾又为新版《引力》作序，他在序中指出："《引力》在这里有双重意义，一重是孟坚（长篇小说女主人公梦华的丈夫）在他教书的中学办了一个进步的青年读物《引力》期刊，出了两期，就被成都市的特务知道了，不但勒令停刊，还要学校帮他们逮捕这些和刊物有关的民主人士……《引力》在这里的另一重意义就非常明显，孟坚走向一个另有吸引力的地方，什么地方，读者是可以意会得出来的。这就是《引力》的第二重意义。”书后有篇附录：一为李岫写的《一个坚韧的跋涉者》，回顾了李广田的一生；一为陈嘉冠写的《〈引力〉在日本》，介绍了《引力》在日本翻译、出版及研究的概况。陈文说：“一部优秀的文学作品，不仅在它问世的当时能赢得众多读者、产生广泛的影响；而且还能经受时间的冲刷，逾越时代，跨出疆域，不断给人以美的享受。这样的艺术珍品，不愧为精神形态的纪念碑……它的问世，不仅受到国内文艺界和读者的重视，而且在东邻日本引起了强烈反响。日本的中国研究所最早出版冈崎俊夫的节译本，按着，高田浩的另一节译本登载于一九五〇年十二月《中国语杂志》上。一九五二年岩坡书店出版了冈崎俊夫的全译本，这一全译本，载至一九五九年四月，一连再版十一次。日本的研究者们认为，一部现代中国文学作品，有如此出版数量，在日本是罕见的。”陈文介绍了冈崎俊夫、小野忍、立间祥介、奥野信太郎等研究《引力》的文章。

6月，《李广田文学评论选》由云南人民出版社出版，收文五十九篇，分作五辑。第一辑：《思想与创作的关系》《创作是怎么一回事》《论创作过程：果戈里的〈外套〉》《论创作过程：一个结论》《论情调》《论描写》《论语言》《论文艺创造》《谈文艺欣赏》《谈文艺批评》《谈写诗》《论新诗的内容和形式》《谈散文》《谈报告文学》《论文学的普及和提高》《论文学教育》《作家与作品》《文学的价值》。第二辑：《树的比喻——给青年诗人的一封信》《谈“再创造”》《人格与风格》《论身边琐事与血雨腥风》《谈幼稚》《写作常谈》《论无事可写》《滇谣小记》《传说拾零》《一种剧》《人的改造与文艺思想》《文学运动与文学创作》《人民文学和世界文学》

《医学与文学》《〈实践论〉与文艺工作》。第三辑：《诗的艺术——论卞之琳的〈十年诗草〉》《沉思的诗——论冯至的〈十四行集〉》《诗人的声音——论方敬的〈雨景〉和〈声音〉》《泪和朝霞》《诗与朗诵诗》《看〈离离草〉》《历史的悲剧和人的悲剧》《纪念鲁迅》《鲁迅的思想和创作》《鲁迅的杂文》《鲁迅先生的〈坟〉》《鲁迅小说中的妇女问题》。第四辑：《〈朱自清选集〉序》《〈闻一多选集〉序》《〈阿诗玛〉序》《〈线秀〉序》《〈金花银花献给毛主席〉序》。第五辑：《〈画廊集〉题记》《〈银狐集〉题记》《雀蓑记》《〈圈外〉序》《〈回声〉序》《〈灌木集〉序》《〈日边随笔〉序》《〈引力〉后记》《〈论文学教育〉序》。方敬在序中指出："在文学理论研究和文学评论方面，他也做出了贡献，留下值得传诵的五本书。他既有创作的才能，又有评论的才力。他著作等身，本书里都凝结着他的智慧、心血和生命的热忱……广田的文学评论，一如他的散文、诗歌和小说将永存下去。真正有生命的东西是会不朽的。"

7月，五卷本《李广田文集》第一卷由山东文艺出版社出版，书前有冯至序。

12月，散文《桃园杂记》《上马石》《在别墅》《扇子崖》《山水》《山之子》《空壳》《日边随笔·序》被收入《中国现代散文选》（1918~1949）第五卷，中国社科院文学研究所现代文学研究室编，人民文学出版社出版。

1985年

2月，《中国现代作家作品研究资料汇编（乙种）·李广田研究资料》，由宁夏人民出版社出版，全书44万字。

5月，《中国当代文学研究资料·李广田研究专辑》，由云南人民出版社出版，全书39万字。

8月，诗《我们的歌》被收入《中国现代格律诗选》，邹绛编，重庆出版社出版。

9月，日本《中国现代文学事典》设有“李广田”条目，丸山昇、伊藤虎丸、新村徹编，日本东京堂出版。

10月，散文《绿》被收入《中国现代文选》，钱谷融主编，上海教育出版社出版。

1986年

4月，诗《我们的歌》被收入《伞——现代情操诗选》，木斧编，四川少年儿童出版社出版。

5月，诗《秋灯》《窗》《流星》《秋的味》《唢呐》《笑的种子》《地之子》《那座城》《土耳其》《秋的歌者》《灯下》《颜色》共12首被收入《现代派诗选》，蓝棣之编选，人民文学出版社出版。

1987年

5月，《中国现当代著名作家文库·李广田代表作》由黄河文艺出版社初版，云无心编选，收散文39篇:《画廊》《记问渠君》《野店》《枣》《悲哀的玩具》《桃园杂记》《花鸟舅爷》《过失》《老渡船》《银狐》《上马石》《扇子崖》《马蹄》《树》《荷叶伞》《绿》《山水》《山之子》《回声》《谢落》《宝光》《冷水河》《来呀，大家一起拉！》《江边夜话》《空壳》《到桔子林去》《根》《一个画家》《他说:这是我的》《一粒砂》《手的用处》《建筑》《分担》《不是为了纪念》《花潮》《山色》《不服老》。收诗23首:《夕阳里》《寂寞》《无题》《是春天了》《丁香》《途中》《盲笛》《父母与沙原》《风雨时节》《如是我歌》《向往的心》《异乡》《归梦》《在这夏天》《秋灯》《窗》《夜鸟》《生风尼》《流星》《访》《秋的味》《乡愁》《笑的种子》《地之子》《秋的歌者》《灯下》《奠祭二十二个少女》《消息》《给爱星的人们》《我们的歌》《“我听见有人控告我”》《一棵树》《“教育诗”》《入浴》《白骨与镣铐》。收小说12篇:《追随者》《废墟中》《两老人》《欢喜团》《金坛子》《没有名字的人们》《活在谎话里的人们》《小灵魂》《吃石头的人》《水的裁判》《没有太阳的早晨》《木马》。书后附有李广田主要作品目录。

7月，散文《最完整的人格》被收入《完美的人格——朱自清的治学和为人》，郭良夫编，三联书店出版。

1989年

8月，诗《窗》《颜色》被收入《中外现代抒情名诗鉴赏辞典》，陈敬容主编，学苑出版社出版。

1990年

12月，诗《地之子》《马蹄》被收入《中国新诗名篇鉴赏辞典》，唐祈主编，四川辞书出版社出版。

1993年

7月，散文《花潮》《山色》被收入《中国散文鉴赏文库》（当代卷），王彬、范希文主编，百花文艺出版社出版。

10月，《画廊集》（中国现代散文名家名作原版库）由中国文联出版公司出版。

11月，散文《桃园杂记》《山水》被收入《中国现代散文精华》，人民文学出版社编辑部编，人民文学出版社出版。

1994年

3月，诗《唢呐》《笑的种子》被收入《世界现代诗文库·中国现代诗集》，〔日〕秋吉久纪夫编译，日本土曜美术社出版。

4月，《20世纪中国文化名人文库·李广田散文》三卷本，由中国广播电视出版社出版。郭志刚、章无忌作序。第一集收入《画廊集》《银狐集》《雀蓑记》《欢喜团》《金坛子》；第二集收入《回声》《日边随笔》《自己的事情》《文学杂谈》等；第三集收入《圈外》和《流亡日记》。

5月,《灌木集》由河北教育出版社出版。

1995年

8月，散文《记问渠君》《种菜将军》《父与羊》《桃园杂记》《山水》《或人日记抄》分别被收入《红菊——忆故人》《纸雁——忆父亲》《芭蕉花——忆母亲》《天冬草——忆故乡》，邓九平、于海婴编，中国对外翻译出版公司出版。

1996年

3月，散文《画廊》《野店》《桃园杂记》《山水》被收入《中国现代美术鉴赏》(上卷)，王富仁主编，河北人民出版社出版。

4月，散文《悲哀的玩具》《野店》《马蹄》《山水》被收入《世界散文菁华荟萃》，丁亚平、林爱莲主编，上海文艺出版社出版。

5月，散文《秋天》《桃园杂记》《花潮》《说吃》分别被收入《名家笔下的春夏秋冬》《名家笔下的草木虫鱼》《名家笔下的风花雪月》《名家笔下的衣食住行》，老品选编，中国国际广播出版社出版。

8月，散文《父与羊》《在别墅》被收入《走近名人文丛——父亲》《走近名人文丛——母亲》，闻一石编，中国工人出版社出版。

1997年

1月，散文《野店》《山水》《两种念头》《同龄人》被收入《中国散文传世之作》，汪文顶主编，山东文艺出版社出版。

3月，散文《日边散笔（之二）》《花潮》《山色》，小说《木马》，诗《“我听见有人控告我”》分别被收入《散文中的云南》《小说中的云南》《诗歌中的云南》，周良沛主编，云南教育出版社出版。

8月，散文《悲哀的玩具》被收入《诉衷情——名人笔下的父母》，任文贵等选编，北京出版社出版。

9月，散文《山水》被收入《跟着名家游山水》(火凤凰青少年文库)，汪文顶编析，海南出版社出版。

10月，诗《“我听见有人控告我”》被收入《西南联大现代诗抄》，杜运燮、张同道编选，中国文学出版社出版。

1998年

1月，诗《乡愁》被收入《20世纪中国文学名作诗歌卷》，广西教育出版社出版。

散文《山之子》被收入《20世纪中国文学作品选读》，西南师范大学出版社出版。

9月，诗《窗》《流星》《乡愁》被收入《20世纪中国文学名作中学生导读本诗歌卷》，钱理群主编，广西教育出版社出版。

1999年

1月，散文《自己的事情》《悲哀的玩具》被收入《庭花旧影忆童年》，邓九平主编，中国和平出版社出版。

3月，散文《山水》《花潮》被收入《中华散文百年精华》，丛培香等选编，人民文学出版社出版。

9月，散文《花潮》被收入《20世纪中国著名作家散文经典》，谷向阳编，吉林摄影出版社出版。

同月，“李广田”条目，《辞海》中卷，辞海编辑委员会编纂，上海辞书出版社出版。

2000年

1月，散文《在别墅》被收入《寸草心——中国文化名人忆母亲》，邓九平主编，同心出版社出版。

7月，《阿诗玛》被评为“百年百种优秀中国文学图书”由人民文学出版社再版。

8月，诗《流星》，散文《回声》分别被收入《中国现当代文学名篇佳作选》的诗歌卷和散文卷，岑献青编选，中国少年儿童出版社出版。

2001年

1月，论文《沉思的诗——论冯至的〈十四行集〉》被收入《冯至与他的世界》，冯姚平编，河北教育出版社。

散文《山水》《手的用处》《这种虫》《山色》被收入《世界华人学者散文大系》，何宝民主编，大象出版社出版。

《画廊集》(新文学碑林之一)，人民文学出版社出版。

5月，散文《野店》《秋天》《天鹅》《桃园杂记》《柳叶桃》《山之子》《花鸟舅爷》《老渡船》《一粒砂》被收入《20世纪中国散文大系》第7卷，张志欣、何香久主编，河北教育出版社出版。

6月，散文《扇子崖》被收入《中华百年游记精华》，林非选编，人民文学出版社出版。

2002年

1月，散文《无名树》《山之子》被收入《中华经典散文》，博文选编，当代世界出版社出版。

10月，散文《画廊》《马蹄》被收入韩国许世旭编译的《黄河一掬——中国现代散文选》，韩国学古斋出版社出版。

同月，《西行记》由云南人民出版社再版。

11月，诗《乡愁》被收入《语文读本》(标准实验教科书上)，河北省教育科学研究所编，河北大学出版社。

2003年

1月，散文《悲哀的玩具》被收入《童年：爸妈盼我长大》，林非等编选，人民文学出版社出版。

5月，散文《蝉》，散文诗《井》分别被收入《中华百年经典散文》（珍藏版）、《中华百年经典散文诗》（珍藏版），张仁健主编，北岳文艺出版社出版。

8月，散文《山水》《手的用处》《这种虫》《山色》被收入《世界华人学者散文大系》第二卷，何宝民主编，大象出版社出版。

11月，散文《花潮》被收入《历代优秀文学作品赏析》，云南教育出版社出版。

12月，散文《荷叶伞》《日边随笔（一）》被收入《现当代散文诵读精华》，刘锡庆主编，人民教育出版社出版。

2004年

1月，散文《悲哀的玩具》被收入《我的父亲母亲》（百年文选家族书写），台湾立绪文化公司编辑部编，台北立绪文化事业有限公司出版。

散文《桃园杂记》被收入《20世纪中国散文经典》（20世纪全球文学经典珍藏版），刘锡庆主编，北京师范大学出版社出版。

6月，散文《花潮》被收入《现代语文初中读本（二）》，王尚文、西渡主编，中国计划出版社出版。

7月，散文《扇子崖》《山水》《桃园杂记》《日边随笔（一）》被收入《中华百年经典散文》风景游记卷、闲情谐趣卷、吾国吾民卷、励志修身卷，张胜友、蒋和欣选编，作家出版社出版。

散文《秋天》被收入《中国现代经典美术书系》，人民文学出版社出版。

8月，《李广田散文选集》，蔡清富编，百花文艺出版社再版。百花散文书系获国家首届图书奖。

散文《山色》被收入《散文玉屑——中国现代名家散文选》，赵丽宏主编，文汇出版社出版。

散文《天鹅》《雾》被收入《百年中国性灵散文》，王兆胜编选，花城出版社出版。

2005年

5月，散文《故乡的桃园》、诗《笑的种子》被收入《新课程标准义务教育语文补充教材》，陈延军主编，北京师范大学出版社出版。

6月，论文《沉思的诗——论冯至的〈十四行集〉》《诗的艺术——论卞之琳的〈十年诗草〉》被收入《名家读新诗》，西渡编，中国计划出版社出版。

7月，诗《乡愁》被收入《半小时阅读》，陈建斌等编，浙江少儿出版社出版。

10月，散文《扇子崖》《花潮》被收入《仁山智水》(文化名家游记)、《乡居闲情》(文化名家修身录)，杨耀文选编，京华出版社出版。

2006年

9月，《地之子　教育诗——李广田百年诞辰纪念文集》，由云南大学出版社出版，收文63篇，全书44万字。

2007年

7月，散文《秋天》被收入《中国现代经典美文书系·秋》，人民文学出版社出版。

2008年

4月，散文《桃园杂记》被收入《百年美文》(地域卷)，刘锡庆、陈亚丽主编，百花文艺出版社出版。

散文《野店》《桃园杂记》被收入《百年美文》(生活卷)，黄万华主编，百花文艺出版社出版。

2009 年

4 月，散文诗《井》被收入《精美散文诗》读本，王兆胜编著，山东友谊出版社出版。

几点说明：

一、本年谱根据李广田的作品、生前日记、工作笔记等编成。

二、篇名后未注署名的，皆用本名李广田。

三、凡写作月日不详的作品，只注发表时间，未注写作时间。

三、李广田及其作品研究资料索引①

《画廊集》序 / 周作人

《画廊集》，商务印书馆，1936 年版。

《画廊集——李广田先生作》/ 刘西渭

《咀华集》，文化工作社，1936 年版。

读《汉园集》/ 袁 勃

1937 年《诗歌杂志》第 3 期。

评《诗的艺术》/ 李长之

1945 年 3 月 3 日《时与潮文艺》5 卷 1 期。

《文艺书简》/ 王 季

1947 年 1 月《民生导报·每周文艺》第 6 期。

评《诗的艺术》/ 李影心

1947 年 1 月 31 日天津《大公报》。

诗人李广田 / 吕 剑

1947 年 4 月《读书与出版》第 5 期。

评《金坛子》/ 苏 夫

1947 年 4 月 13 日天津《大公报》。

读《金坛子》/ 史 蒙

1947 年 6 月 12 日天津《大公报》。

《引力》/〔日〕日野敬三

1952 年 7 月日本《近代文学》7（7）。

《引力》/〔日〕奥野信太郎

1952 年 8 月日本《文学界》6（8）。

李广田——作家小传 /〔日〕《天地人》编辑部

1953 年 10 月《天地人》（6）。

①本索引按时间顺序编排。为反映历史原貌，“文化大革命”期间一些批判文章篇目也适当辑入，国外的辞书、事典有关李广田的条目、研究篇目一并编入，不再另列。

《中国新文学史稿》(下)/王　瑶

新文艺出版社，1953年版。

第十五章　报告、杂文、散文。

“引力”杂感

——抵抗的全程/〔日〕立间祥介

1954年12月日本《北斗》1(2)。

关于《引力》/〔日〕诸井耕三

1955年2月日本《中国文艺座谈会》(3)。

关于《文学枝叶》/翟尔梅

1948年5月2日天津《大公报·星期文艺》第79期。

评李广田的《文学枝叶》/徐中玉

1948年6月《文讯》8卷6期。

评李广田创作《引力》/李长之

1948年9月25日《观察》5卷5期。

李广田《引力》/〔日〕吉田浩　编译

1950年12月日本《中国语杂志》5(7)。

《中国新文学史稿》(上)/王　瑶

开明书店，1951年版。

第十章　杂文、报告、小品

读《引力》/〔日〕宫崎安次子

1957年1月日本《草原》(2)。

《中国新文学史稿》/刘绶松

作家出版社，1957年版。

第三编　第六章　本时期的诗歌

第九章　本时期的报告文学与散文

第四编　第七章　本时期的报告文学与散文

喜读李广田的近作/冯　牧

1958年《诗刊》第4期。

评李广田新著《春城集》/卞之琳

1958年《文学研究》第4期。

哲理、诗情、画意

——读李广田同志新作两篇/陈志聪

1962年《边疆文艺》第7期。

批判李广田整理民族民间文学的四条反动原则 / 卫东戈
1965 年 7 月 25 日《云南日报》三版。
李广田坚决地推行以周扬为总头目的文艺黑线，通过文艺作品向毛泽东思想发动猖狂进攻 /（报社编）
1965 年 7 月 26 日《云南日报》二版全版转四版。
李广田鼓吹“人类之爱”是从周扬黑店批发来的“人性论”黑货 / 辛　梧
1965 年 7 月 26 日《云南日报》三版。
李广田是周扬修正主义文艺纲领最忠实的执行者 / 黎颂红
1965 年 8 月 2 日《云南日报》五版。
粉碎李广田反对毛泽东思想的大阴谋 / 谢左周
1965 年 8 月 18 日《云南日报》三版。
《中国新文学大系续编·散文一集导言》/ 君　实
香港文学研究社出版部，1968 年 5 月版。
《中国新文学大系续编·散文二集导言》/ 嵩　山
香港文学研究社出版部，1968 年 5 月版。
《中国现代文学史》/ 李辉英
香港东亚书局，1970 年版。
第六章　新诗的不同发展
论李广田的创作 / 许定铭
1972 年 7 月 31 日香港《文坛》第 331 期。
台湾《山东文献》6 卷 1 期转载。
《李广田选集》前言 / 梅　子
《李广田选集》，香港文学研究社，1978 年版。
《中国新文学史》/ 司马长风
香港昭明出版社，1978 年版。
中卷　第二十一章　散文的泥淖与花朵
　　　第二十二章　诗园的阴霾与曙光
下卷　第二十七章　散文的圆熟与漂零
　　　第三十章　旋涡里的文学批评
灯下的怀念 / 丛　中
1978 年《思想战线》第 3 期。

情满花枝　爱凝笔端
——重评李广田同志的《花潮》/ 任兆胜
1978 年《边疆文艺》第 5 期。

阿诗玛，你在哪里 !/ 荒　煤
1978 年 9 月 3 日《人民日报》。

他行走在这里的山色花潮之中 / 李鉴尧
1978 年《边疆文艺》第 10 期。

满腔的热情，科学的态度
——李广田同志与民族民间文学 / 李子贤
1979 年《思想战线》第 1 期。

忆李广田同志 / 张德光
1979 年 1 月 25 日《云南日报》。

谈谈电影《阿诗玛》的改编 / 秦家华　李子贤
1979 年 1 月 29 日《云南日报》。

欢迎电影《阿诗玛》上映 / 王连芳
1979 年 1 月 29 日《云南日报》。

《中国文学家辞典》(现代第一分册) / 北京语言学院编
四川人民出版社，1979 年版。

《中国现代文学史》/ 唐　弢　主编
人民文学出版社，1979 年版。
二卷　第十一章　第二次国内革命战争时期的文学创作（二）

《中国现代文学史》/ 田仲济　孙昌熙　主编

怀念李广田同志 / 高治国
1979 年 2 月 5 日《云南日报》。

怀念李广田老师 / 申维升
1979 年《红河》第 2 期。

春城忆广田 / 季羡林
1979 年《边疆文艺》第 5 期。

汉江的怀念 / 鲁之萍
1979 年《雪峰》第 5 期。

莲花池畔哀思长
——悼李广田校长 / 李丛中
1979 年《玉溪文化》第 6 期。

为人民的春天歌唱 / 秦家华　李子贤

1979 年 3 月 22 日《云南日报》。

哀悼广田同志 / 王兰馨

《晚晴集》，云南人民出版社，1979 年版。

《中国现代文学史》/ 唐　弢　严家炎　主编

人民文学出版社，1980 年版。

三卷　第十四章　在民族解放旗帜下的文学创作（二）。

《早期新诗的批评》/ 周伯乃

台湾成文出版有限公司，1980 年版。

第六　现代派的诗

《中国现代作家传略》（第五辑）/

徐州师范学院《中国现代作家传略》编辑组

1980 年 9 月

《李广田散文选》序 / 卞之琳

《李广田散文选》，云南人民出版社，1980 年版。

“我永嗅着人间的土的气息”/ 张　维

《云南大学一九八〇年获奖论文选》

踏青归来 / 张大明

1980 年《新文学论丛》第 1 期。

“地之子”

——忆李广田同志 / 方　敬

1980 年《收获》第 1 期。

远行人的足音

——忆李广田老师 / 高庆琪

1980 年《青海湖》第 1 期。

《现代六十家散文札记·李广田》/ 林　非

《现代六十家散文札记》，百花文艺出版社，1980 年版。

悼念我的父亲李广田 / 李　岫

1980 年《新文学史料》第 4 期。

为蒙冤辞世者的辩白 / 毕　明

1980 年《思想战线》第 5 期。

读《李广田散文选》/ 梅　子

1980 年 12 月 7 日香港《文汇报》。

李广田散文的艺术风格 / 王祖武　张　维

1981 年 12 月 8 日《云南日报》。

花潮与“盛世” / 林未雪

1981 年 1 月 26 日香港《大公报》。

画廊、雀蓑及其它

——关于李广田同志早期的创作活动 / 李　岫

1981 年《中国现代文学研究丛刊》第 1 期。

《桃园杂记》/ 鲍　霁　编

《现代散文赏析》，天津人民出版社，1981 年版。

《中国现代散文史稿》/ 林　非

中国社会科学出版社，1981 年版。

浅谈《山水》/ 陈照明

1981 年 6 月《新火》第 2 期，香港大学文社。

精神的旅行，心灵的洗涤

——读李广田《野店》后感 /（未署名）

1981 年 12 月香港《中鸣》月刊“文章鉴赏”栏。

春光似海，盛世如花 / 林友光

1982 年《名作欣赏》第 1 期。

忆冬青社 / 杜运燮

1982 年 2 月 25 日香港《新晚报》第 13 版“星海”副刊。

《李广田诗选》序 / 卞之琳

《李广田诗选》，云南人民出版社，1982 年版。

李广田序《缪弘遗诗》/ 姜德明

《书边草》，浙江人民出版社，1982 年版。

《山之子》/ 郭志刚　章无忌

《中国现代优秀散文选讲》，山西人民出版社，1982 年版。

宽厚土地上的人物画廊 / 朱幼棣

《1982 年山东大学优秀论文选》。

李广田前期散文的艺术个性初探（上）/ 张　维

1982 年《云南社会科学》第 2 期。

李广田前期散文的艺术个性初探（下）/ 张　维

1982 年《云南社会科学》第 3 期。

罗江杂忆 / 杨竹剑
1982 年《抗战文艺研究》第 4 期。

论李广田的散文创作 / 蔡清富
1982 年《中国现代文学研究丛刊》第 4 期。

忆李广田师和西南联大文艺社 / 王景山
1982 年《新文学史料》第 4 期。

关于李广田同志的一部重要遗著《文学论》/ 李　岫　雷声宏
1982 年《文艺研究》第 5 期。

一个坚韧的跋涉者 / 李　岫
《熊猫丛书·李广田散文选》，《中国文学》杂志社，1982 年版。

《李广田散文选集》序 / 蔡清富
《李广田散文选集》，百花文艺出版社，1982 年版。

论李广田的诗 / 李少群
1982 年《文苑纵横谈》第 5 辑。

大地之子
——记广田 / 臧克家
1982 年《散文》第 7 期。

略论李广田散文的艺术特色 / 孙昌熙
1982 年 8 月 11 日《人民日报》。

乡情、画廊、山色 / 林友光
1982 年 8 月 26 日《光明日报》。

忆念李广田先生 / 刘志远
1982 年《海鸥》第 9 期。

铮铮铁汉，锦绣文章 / 孙昌熙
1982 年《柳泉》10 月号。

《文学论》序 / 夏　易
《文学论》，香港昭明出版社，1982 年版。

李广田先生年表简编 / 梅　子
《文学论》附录，香港昭明出版社，1982 年版。

李广田《文学论》/ 桑　妮
1982 年 12 月 14 日香港《明报》“明知版”

“独树一枝”的《文学论》
——推荐李广田先生的一部重要遗稿 / 梅　子
1982 年 12 月 17 日香港《文汇报》。

李广田的《文学论》/ 巴　山
书稿附录年表均为首次问世
1982 年 12 月 21 日香港《新报》“长城内外”版。

李广田的遗稿 :《文学论》/ 克　亮
1982 年 12 月 26 日香港《明报周报》第 737 期。

李广田《文学论》的价值 / 巴　山
1982 年 12 月 28 日香港《晶报》。

李广田遗著《文学论》历尽沧桑上卷终面世 / 文　扬
1982 年 12 月 30 日香港《新晚报》“书话”版。

李广田的《文学论》/ 融　民
1983 年 1 月 3 日香港《大公报》“读书与生活”版。

《李广田》序 / 李健吾
《李广田》，人民文学出版社与香港三联联合出版，1983 年版。

贺《李广田诗选》问世 / 梅　子
1983 年 1 月 14 日香港《文汇报》。

《李广田文学评论选》序 / 方　敬
《李广田文学评论选》，云南人民出版社，1983 年版。

《引力》序 / 李健吾
《引力》，宁夏人民出版社，1983 年版。

《引力》在日本 / 陈嘉冠
《引力》附录，宁夏人民出版社，1983 年版。

《李广田文集》序 / 冯　至
《李广田文集》第一卷，山东人民出版社，1983 年版。

记李广田和他主编的《锻冶厂》/ 孙跃冬
1983 年《抗战文艺研究》第 2 期。

《中国现代作家传略·李广田传》/
徐州师范学院《中国现代作家传略》编辑组
四川人民出版社，1983 年版。

新发现的李广田早期诗钞——《向往的心》/ 梅　子
《诗与评论》第 1 期，香港国际出版社，1983 年版。

一本书的命运及其它 / 李 岫 雷声宏

《诗与评论》（1）原甸主编，香港国际出版社，1984 年版。

莲花池畔 / 赵淮青

《边疆文艺》1984 年第 4 期。

论李广田抗战时期的散文创作 / 尹鸿禄

《抗战文艺研究》1985 年第 4 期。

悼念李广田老师 / 刘 方

《李广田研究资料》，宁夏人民出版社，1985 年版。

“嘉树下成蹊，东园桃与李”

——忆抗战前后的李广田 / 刘可牧

《李广田研究资料》，宁夏人民出版社，1985 年版。

寄李广田 / 吕 剑

《诗与诗人》，花城出版社，1985 年版。

“李广田”条目 / 〔日〕丸山昇 伊藤虎丸 新村徹 编撰

日本《中国现代文学事典》，日本东京堂，1985 年版。

见书思人

——忆李广田先生 / 刘北汜

《笳吹弦诵在春城》/ 西南联大校友会 编

云南人民出版社，北京大学出版社，1986 年版。

莲花赋

——献给李广田先生 / 杨启云

《时代风采》1987 年第 4 期。

李广田“我永嗅着人间的土的气息”/ 俞元桂 姚春树 汪文顶 著

《中国现代散文十六家综论》，华东师范大学出版社，1989 年版。

李广田的诗论 / 潘颂德

《中国现代诗论 40 家》第 37 节，重庆出版社，1991 年版。

芙蓉翠盖石榴红

——记抒情散文的兴盛 / 俞元桂 主编

《中国现代散文史》第四章，山东文艺出版社，1997 年版。

忆李广田先生 / 魏荒弩

《渭水集》，北大出版社，1997 年版。

李广田条目

《辞海》中卷第 3589 页，上海辞书出版社，1999 年版。

作家、学者、园丁李广田 / 李　岫

《南开的脚步》刘景泉、梁吉生主编，黑龙江少年儿童出版社，1999 年版。

《画廊集》："朴野的小天地" / 王吉鹏　李春林等

《鲁迅及中国现代文学散论》，吉林人民出版社，2001 年版。

本时期其它重要新诗理论批评家·李广田 / 潘颂德

《中国现代新诗理论批评史》第四编·第三章·第七节，学林出版社，2002 年版。

鲁迅《野草》与李广田散文诗比较 / 王吉鹏等

《鲁迅与中国文学比较研究》，吉林人民出版社，2002 年版。

心地和阿诗玛一样美的李广田 / 徐啸虎

《王一桃笔下的 100 个文艺家》，中国人事出版社，2002 年版。

汉江·莲池 / 黄成勇

《幸会幸会久仰久仰》，山东画报出版社，2005 年版。

迎骨絮语

——怀念李广田老师 / 伊　洛

《新文学史料》2006 年 2 期。

文如其人的作家李广田 / 牛　汉

《新文学史料》2006 年 2 期。

永世的怀念 / 王　楫

《新文学史料》2006 年 2 期。

李广田老师 / 朱　寨

《新文学史料》2006 年 2 期。

大地之子，魂兮归来 / 闻　山

《新文学史料》2006 年 2 期。

阿诗玛，你在哪里？ / 李　岫

《新文学史料》2006 年 2 期。

李广田《牧野》旬刊 / 秦林芳

《新文学史料》2006 年 2 期。

从圈内到圈外

——论抗日战争前后李广田思想的嬗变 / 秦林芳

《思想战线》2006 年第 5 期。

李广田教育思想刍议 / 赵昆艳

《思想战线》2006 年第 5 期。

师恩难忘　难忘恩师 / 王景山
　　《思想战线》2006 年第 5 期。

“生自泥土”的“人之子” / 周良沛
　　《中国现代新诗序集》（上），海天出版社，2006 年版。

《地之子　教育诗——李广田百年诞辰纪念文集》序 / 卢云伍
　　云南大学出版社，2006 年版。

忆李广田师 / 唐振湘
　　《李广田百年诞辰纪念文集》，云南大学出版社，2006 年版。

怀念恩师李广田先生 / 杨志一
　　《李广田百年诞辰纪念文集》，云南大学出版社，2006 年版。

深切怀念李广田老师
　　——写在广田师百年诞辰纪念日 / 田　庄
　　《李广田百年诞辰纪念文集》，云南大学出版社，2006 年版。

记李广田老师 / 马林才
　　《李广田百年诞辰纪念文集》，云南大学出版社，2006 年版。

李广田先生一生中最重要的转折
　　——抗战初期跟随李广田老师流亡记 / 孙跃冬
　　《李广田百年诞辰纪念文集》，云南大学出版社，2006 年版。

怀念吾师李广田 / 张西丁
　　《李广田百年诞辰纪念文集》，云南大学出版社，2006 年版。

“紫”之追怀
　　——先师李广田先生百年冥寿纪念 / 王企羊
　　《李广田百年诞辰纪念文集》，云南大学出版社，2006 年版。

献给我的三位老师闻一多、冯至、李广田 / 秦　泥
　　《李广田百年诞辰纪念文集》，云南大学出版社，2006 年版。

大地之子
　　——记诗人、散文家李广田 / 陈开第
　　《李广田百年诞辰纪念文集》，云南大学出版社，2006 年版。

论李广田文学理论体系的特点 / 崔明芬
　　《李广田百年诞辰纪念文集》，云南大学出版社，2006 年版。

汉园中的“行云”
　　——论李广田 20 世纪 30 年代诗歌 / 秦林芳
　　《李广田百年诞辰纪念文集》，云南大学出版社，2006 年版。

李广田与鲁迅 / 王吉鹏　印然然
《李广田百年诞辰纪念文集》，云南大学出版社，2006 年版。
试论李广田的早期散文 / 肖剑南
《李广田百年诞辰纪念文集》，云南大学出版社，2006 年版。
他活在他的诗文中 / 周良沛
《李广田百年诞辰纪念文集》，云南大学出版社，2006 年版。
诗人、哲人、大地上的那棵树
——李广田创作批评散论 / 邓牛顿
《李广田百年诞辰纪念文集》，云南大学出版社，2006 年版。
李广田的办学思想和实践 / 吴道源
《李广田百年诞辰纪念文集》，云南大学出版社，2006 年版。
学者风范　性情中人
——忆李广田校长 / 张文勋
《李广田百年诞辰纪念文集》，云南大学出版社，2006 年版。
钟灵毓秀　泽润芳华 / 李作新
《李广田百年诞辰纪念文集》，云南大学出版社，2006 年版。
忆李广田师 / 李兆同
《李广田百年诞辰纪念文集》，云南大学出版社，2006 年版。
怀念我们的好校长李广田 / 金宗佑　供稿　刘兴育　整理
《李广田百年诞辰纪念文集》，云南大学出版社，2006 年版。
记忆中的李广田校长 / 杜东枝
《李广田百年诞辰纪念文集》，云南大学出版社，2006 年版。
李校长呵，请你回答
——一个学生对李广田校长的怀念 / 雪　霄
《李广田百年诞辰纪念文集》，云南大学出版社，2006 年版。
我未曾谋面的老师李广田教授 / 钟小平
《李广田百年诞辰纪念文集》，云南大学出版社，2006 年版。
抗战时期李广田和他的创作 / 蒙树宏
《李广田百年诞辰纪念文集》，云南大学出版社，2006 年版。
试论李广田的文学观 / 张　维
《李广田百年诞辰纪念文集》，云南大学出版社，2006 年版。

李广田的教育诗篇 / 刘兴育

《李广田百年诞辰纪念文集》，云南大学出版社，2006年版。

莲花池旧事 / 母师迪

《云南政协报》2006年9月4日。

说不完的李广田 / 刘兴育

《云南大学报》2006年9月20日第4版。

纪念李广田先生诞辰百年 / 凌剑伊

《云南信息报》2006年9月28日B2版。

李广田校长百年诞辰纪念暨纪念文集首发式隆重举行

《云南大学报》2006年9月30日第1版。

治学严谨而平易近人的师长 / 戴元宁

《云南大学报》2006年9月30日第4版。

李广田听课散记 / 刘兴育

《云南大学报》2006年9月30日第4版。

为教育毕生尽瘁的李广田 / 陈开第

《纵横》2007年第1期。

一位站着死的诗人、教育家李广田教授 / 伍铁平

《美中时报》（北美地区）2007年5月4日第8版。

李广田：站着死去 / 张建安

《文化名人的最后时光》，中共编译出版社，2007年版。

弦歌烽火流亡路 / 刘禹轩

《青岛文学》2007年第8期。

怀念恩师李广田 / 孙同丰

《西南联大校友通讯》2007年10月第42期。

我所知道的李广田先生 / 彭国涛

《中华读书报》2007年10月31日第2版。